U0609774

当花瓣离开花朵

杨映川 ● 著

天津出版传媒集团

百花文艺出版社

图书在版编目（ＣＩＰ）数据

当花瓣离开花朵 / 杨映川著. -- 天津：百花文艺
出版社, 2018.3

ISBN 978-7-5306-7438-3

Ⅰ.①当… Ⅱ.①杨… Ⅲ.①中篇小说-小说集-中国-当代 Ⅳ.①I247.5

中国版本图书馆CIP数据核字(2017)第301044号

选题策划：韩新枝　　　　　**装帧设计：**郭亚红
责任编辑：刘　洁　饶霁琳

出版发行：百花文艺出版社
地址：天津市和平区西康路 35 号　**邮编：**300051
电话传真：+86-22-23332651（发行部）
　　　　　　+86-22-23332656（总编室）
　　　　　　+86-22-23332478（邮购部）
主页：http://www.baihuawenyi.com
印刷：天津海顺印业包装有限公司分公司
开本：787×1092毫米　　1/32
字数：101 千字
印张：6.875
版次：2018 年 3 月第 1 版
印次：2018 年 3 月第 1 次印刷
定价：34.00元

序　言

此序本来想找个德高望重的大师来操刀的，一是能为本书增色，二是本人能从大师的评介中学习、领悟、进步。后来，还是决定自己上了，一是大师都很忙，粗浅小作实在是不好意思叨扰；二是想通过写序自己再把这几篇小说理一理，回忆、沉淀、思考，再出发。

这本书中收了三个中篇小说《找爸爸》《马拉松》《当花瓣离开花朵》，因为它们的故事有着某种关联性，所以被收在一个集子里。简单概括，《找爸爸》是一个寻找父亲的故事，《马拉松》是一个寻找儿子的故事，而《当花瓣离开花朵》是一个寻找自己的故事。套用一句似乎已经被说烂的话：寻找的结果并不重要，重要的是寻找的过程。

《找爸爸》的女主人公农迎春患上了绝症，为了六岁的孩子，她不得不开始寻找当年突然玩失踪的男朋友——孩子的爸爸金有礼。这个寻找的过程竟然是非常困难的。金有礼和她只生活了一年多，留下来的线索只是当初身份证上的一个住址。农迎春找到金有礼的出生地，一个偏远的小村落，金有礼多年未归，她偶然得到在外边打工的金有礼弟弟的线索，找到武汉时，金有仪却在监狱里。金有仪最后给了她这个前嫂子一个地址。农迎春根据这个地址找到孩子的爸，可爸不要儿，她只能返回家乡，找到自己的继母……在这样一个错综复杂的寻找过程当中，农迎春完成了一个做儿媳的仪式，她在金有礼的老家拜祭了祖宗，认了亲戚；她完成了一个嫂子的角色，出钱替金有仪打官司；她完成了一个女儿的角色，向死去的父亲和现在仍然活着的继母忏悔。所以说，寻找，只是一个开端。

同样的，《马拉松》中主人公范宝盛在儿子范虫儿丢失之后，警方介入调查，面对所列举的一大串嫌疑人名单，范宝盛才认识到自己在旁人眼里竟然是个"恶人"，那些他曾经结下仇怨的仇家都有可能是他儿子失踪的缘由。他三十多年来自以为是、粗暴野蛮、无法无天，老天爷打他这一记耳光。在茫然无措的寻儿经历中，范宝盛渐渐沉静下来，他放弃了寻找，选择等待,他在原地等待他的儿子归来。他一直就这么执着地等待,死守一方。在这期间他放弃了店面迁移、生意扩大发展的诱惑,他像对待家人一样对待邻人朋友,他无条件地对所有人好。等待的时间越长范宝盛的心越平静,他感觉自己是在跑一场马拉松,和一个看不见的对手在赛跑。这场赛事需要极大的耐心和体力,虽然他不知道终点在哪里,但他知道他的每一步都落到实处,最恰当的地方,每一步都在向前。在这个故事里,寻找也是一个开端。

《当花瓣离开花朵》中莫云是一个青春期的少女,她渴望得到的东西很多,漂亮的衣服、宽敞的住房、舒适的生活,可这些东西遥不可及,她认为她不幸的根源是她贫困的父母。她厌恶他们,甚至希望她不是他们亲生的孩子。她四处寻找证据来证明,她还有另外的亲生父母存在,那样她就可以摆脱现在的困境。她的幻想被一一掐灭了,她得承认事实,并且从这样的事实中突破出来。当母亲因为她面临高考而放弃治病,父亲为筹措她的学费路费放弃男人的尊严侍候有钱女人的时候,莫云渐渐品到生活的无奈。而她在网上拍卖初夜权的荒唐行为算是一种最后的挣扎,一两千元的竞拍价最终用残酷的事实结束了她不切合实际的梦想……在这个故事里，寻找也是一个开端。

那么结局是什么呢？是寻回来的父亲，寻回来的孩子，抑或是寻回来的自己？这三个故事在这里交集了，我想，最重要的就是寻找回来自己。寻找的过程是认识，是纠正，是修补，是突破，然后让自己在这人世中寻到平衡与平静。平衡与平静是多么的重要，多少人一生都在找这个点，需要这个点，却忽略了，或是总也找不到。寻找需要主动出击，需要冷静审视地去找，那样，才会有更多路。原来，我们不过是在寻一条出路而已。小说，为所有人寻找出路。

目 录

马拉松 /1

找爸爸 / 83

当花瓣离开花朵 /145

马

拉

松

一

许多人历尽一生都不曾有过这样一个早晨——醒来便醒来了，不需要打着哈欠做早饭，挤着公交上班，背着沉沉的书包上学，或者，蹬双运动鞋气喘吁吁地跑步……反正没有一件事情在等着你，不需要迫切地去做什么。

范宝盛过了四十岁便开始感恩他几乎每天都拥有这样的早晨。他通常凌晨四点就醒了，从从容容在床上回个神，让脑袋完全亮堂再起身。洗漱完他会走到阳台上，这阳台不是敞开的，用透明的铝合金窗封起来了，留着两扇敞开透气，视觉上成了一间狭长的小房间。有只木架子，高几层摆放几盆花草，矮处堆着些书和纸张。紧挨架子的是一张低矮的红木案台，案台上有只茶壶。没有椅子，地上搁着一只香草蒲团。范宝盛拿起洒水壶给植物叶子上浇些水，然后站在窗边，遥望隐藏在夜幕中的景致，盯上一会儿，他能将它们辨出来，是树，是房，或是一块广告牌。这时，他会收回目光，搓搓手搓搓脸，矮身盘腿坐在蒲团上，从架子上抽出一本薄薄的书摊开在案台上。书打开只是个动作而已，他眼睛并没有盯着书看，微闭双眼开始诵读了，"如是我闻"——悠长的声音从他的喉咙发出来。范宝盛很享受诵读的过程，他喜欢听自己的声音，让那些字句一字一句听进他的心里去。他有时可以读一个早上或一个晚上，什么也不想。他并不懂什么佛法，甚至也不曾到什么寺庙上过香，但他喜欢这部《金刚经》。他读了近十年才慢慢读出点意思，不确切，也不追究。这是一位居士在范虫儿丢失以后送给他的，他认为这些年他能将对范虫儿的寻找变成等待，有一部分得归功于"如是我闻"里获得的启示。

范虫儿是在十二年前丢失的。要回到十二年前，范宝盛闭上眼睛就行了。

儿子长得太像自己，把儿子的照片和他儿时的照片放到一块儿，大家会说是一个人。儿子出生那天，柔软弱小的身子抱在怀里，范宝盛眼一热，眼泪猝不及防涌出来，多少年没流过泪了，泪水湿漉漉挂在脸上，他有些不好意思，粗声粗气地对石水晶说，老子要好好赚钱养我儿子，我儿子不能吃苦，一点苦也不让他吃！石水晶躺在床上，看一大一小，心满意足地笑了。

儿子尚在襁褓就特别能吃，不及时喂一定哭得地动山摇。范宝盛以"饭虫"的谐音给儿子取了个小名，大名范壹名。范宝盛说了，我的儿子不光能吃，其他也是第一名。

那天晚七时左右，各家都在做晚饭或吃晚饭，中山路上的范记馄饨正是生意好的时辰，店里店外都是吃客。范虫儿拉扯在收银台里算账的石水晶说，妈，我想吃青皮枇杷。石水晶急着打发他，顾不上瞧小家伙一眼，扔了五毛钱过去说，吃了赶快回来洗脸洗屁股，让张娟带你上楼睡觉。范虫儿根本没听他妈嘴里唠叨的，手里捏着五毛钱，迈开小腿突突突从后门蹿出去了。范虫儿不是第一次自己出门买东西吃，家里从没有担心过。范记馄饨店门前这条街叫中山路，前后两百米各家店铺做的是不同营生，但都是熟得不得了的熟人。各家各户又都开有后门，后门这条通巷窄小，不通机动车，多是邻里互相串门用，没具体名称，大家都叫后街。如果不是各家都在后门摆放些杂物，一眼是可以探测到底的。中山路车多人杂，前门没大人领着范虫儿是不可以随便出入的，后门则是他的方便之

5

门。例如他经常去柯双的良心杂货店买饼干,去金家烧饼摊买大肉馅饼,去波仔的乖乖宠物店玩小猫小狗,还能自己去美美发屋找美姑娘理发。有些人家后门不常开,只要他想进,他会敲人家的后门,让人家开门放他进去。

孩子失踪后,警察多次来到中山路调查取证,经过调查,孩子拿了钱确实从后门出去,往五十米开外的李婆姆酸嘢摊去了,除证人李婆姆还有证人补鞋匠方顺开和美姑娘。李婆姆是个孤寡老人,屋子有剩余,租给外来户方顺开夫妻二人。李婆姆长年腌制各种蔬菜和水果,屋里全是坛坛罐罐,经年弥漫着一股咸湿的气味。李婆姆家的前后门一贯敞开,方便左邻右舍上她家买些腌制的小菜。当时李婆姆在厨房炒菜,炒的是酸菜肉末,搁了浓重的辣椒,范虫儿在她腋窝底下呛了一个喷嚏,她才发现小家伙来了。范虫儿将五毛钱递到她的眼皮底下说,青皮杧果。李婆姆说,这时间还吃零嘴啊? 说着话,她拾块布抹抹手,往外走到前门的摊点,拿只塑料碗盛了满满一碗青皮杧果递给范虫儿说,赶紧回家去。她又忙灶上的菜去了。范虫儿胖小手飞快拾了几颗杧果塞进嘴里,小腮帮子鼓起来,享受的口水从口角溢出来。这种青皮杧果尚未成熟但已经带了甜味,切成小块用些盐来腌制,吃起来生甜清脆,异香满口,不只范虫儿爱吃,许多人都爱吃。但这东西有季节性,春夏之交才有。范虫儿将碗里的杜果吃得没有这么满了,不那么容易被晃出来后,才小心翼翼捧着碗跨出李婆姆家后门。走几步路碰上方顺开,方顺开这时间没什么生意了,收摊回家,因为身上背负着大包小包的东西,他一般都从后门进家,看到范虫儿,他故意高声向范虫儿讨要杜果吃,范虫儿在方顺开的引逗下,走到他身边,同意将碗里的杜果分他几块。方顺开呵呵笑了说,还挺大方的嘛。他本来想摸摸孩子头,腾不出手,手也脏,嘴里就说,天黑了,慢慢走,别摔了。后来,按他的说法,他看着范虫儿捧着杜果朝范记馄饨店的方向走了,他也进了李婆姆家门。后街没有路灯,采光全靠各家各户透出的灯光。美美发屋的美姑娘说,她当时到屋后上厕所,一墙之隔就是后街,她隔窗听得见方顺开和范虫儿的说话声,但没看着人。

虽然人失踪的范围不大,但作案的时间还是比较充分的,因为范虫儿离家至少有一个小时,石水晶稍微轻闲下来才感觉不妥,问张娟范虫儿回来没有,张娟正在收拾桌子,答说没见着。张娟是石水晶远房外甥女,才十五岁,平时帮忙店里生意,也帮忙照看范虫儿。石水晶嚷起来,死妹仔,你还收拾个屁啊!你弟出门这么久你也不出门寻寻?石水晶赶紧带着张娟出门从街头寻到街尾,再从街尾寻回街头,不知不觉地,唤孩子的声音变成哭喊了。各家各户听那发哑的声音,纷纷出来问究竟,有的安慰说可能跑别的地方玩去了,有的顺势帮忙找人,一条街上都知道范家孩子暂时是丢了。

石水晶和张娟哭哭啼啼跑回店里,范宝盛在陪客人喝酒,面红耳赤,口若悬河。石水晶说,宝盛,虫儿找不着了。范宝盛话头被生生截住,他一下子也没有仔细研究石水晶的话,更没觉着孩子是真的不见了,他只觉得眼前这女人失了责任,败了兴致,手一扬,响亮地给了石水晶一耳光,气吞山河地嚷着,孩子找不着,我劈死你!

范宝盛当年三十三岁,气盛,强悍,脾气败坏。

孩子到底没有找到。范宝盛把所有的错归咎于石水晶,他用了拳头、腿脚、棍子、凳子、皮带等方式方法教训女人,女人被打得下不了床,却始终没一句怨语,只说,你打死我吧,反正我也不想活了!范宝盛以往气不顺的时候收拾石水晶会觉得很解气,可这一次,像给气球打气,他越打气越足。他骂骂咧咧出门,专在后街上来回地蹿。各家后门摆放的物什遭殃了,花盆蹿碎了,凳子蹿飞了,自行车蹿翻了,晾衣架子蹿歪了。其中有一家是做宠物生意的,在自家后门占道摆了好些笼子、箱子、罐子,从范家到李婆姆家的视线主要就是给这家堆放的杂物阻断的。范宝盛两条腿蹿得不过瘾,顺手还拾了条棍子横扫。宠物店店主波仔听到动静冲出后门,看一地狼藉,还没表态,就被跟在范宝盛屁股后头看热闹的邻居用眼神劝导——别跟人家计较,孩子刚丢了。波仔松开皱起的眉头,拾起一把扫把,一边扫一边好脾气地说,这东西堆得实在是太多了,早应该清理清理了,范哥你看哪里碍眼尽管砸!

范宝盛的气势谁都看得出来,孩子再找不出来,他是要跟人拼命的,跟谁呢? 不知道,他要把那人找出来,准像他平时剁馄饨肉馅一样给剁了。

警方把范宝盛请去协助调查,首先问的自然是他与什么人有什么宿怨。范宝盛的回答干脆利落,我没有仇人。过了几天他又被警方请去,警方列出一张嫌疑人名单与他讨论。警察手指头敲打名单上的名字说,我们前两天问你和什么人有嫌隙,你说没有,你要知道,这种事情85%是熟人干的,你要积极配合,不要

9

隐瞒，这对破案不利。范宝盛很无辜地抱着手说，我没有隐瞒，我和谁有仇我还不知道吗？谁不知道我范宝盛有仇必报！警察说，是吗？那请你看看这份名单。范宝盛看完警方开列的名单，嘴上没说，心里嘀咕开了，他奶奶的，在警察的眼里，真没有一个是好人。

警察打开一本厚厚的记事本说，我们现在开始吧，一个个厘过去，厘清楚为止。名单上的第一个人是李红霞，这是李婆姆的名字。范宝盛说，李婆姆怎么会是头号嫌疑呢？她很喜欢我们家范虫儿的，虫儿天天到她摊上去找东西吃，有时候还不付钱呢。李婆姆虽然抠门，但对孩子大方，每次都给孩子一大堆吃的，再说了，她一把年纪了，不可能做这种事情！范宝盛一口气说了一大串。警察说，我们不会冤枉一个好人，也不会放过一个坏人，什么事情都不能光看表面，没有人脸上写着个"坏"字。你说说，你前年是不是和李红霞闹过不愉快，还不跟她家进货了，对吧？

警察这么一提醒，范宝盛记起是有这么一回事。范记馄饨店卖过李婆姆的酸嗻，许多客人饭前饭后喜欢点酸食凉菜开胃，范宝盛就跟李婆姆订了些酸萝卜、酸豆角、酸辣椒制成小菜。隔壁马甘白的清真拉面馆也卖李婆姆的酸嗻。石水晶偶然了解到李婆姆给马甘白的价格要便宜一些,例如腌酸萝卜卖给范家是一块五一斤,给马甘白是一块四毛五一斤,酸豆角给范家是三块一斤,给马家是两块九一斤。范宝盛听得这事火冒三丈,李婆姆怎么不一碗水端平呢?要说范记馄饨比马家面店的进货量要大啊!范宝盛是晚上临近十二点的时候听石水晶在枕头边叨叨这事的,他不能让这事过夜发酵变酸,一分钟也不耽误,穿着睡觉的背心裤衩,趿双拖鞋,直接拍李婆姆的门去了。李婆姆被火烧火燎的拍门声惊醒,慌慌张张开个半扇门,范宝盛叉腰迈腿挤进屋子,李婆姆,你觉得我范宝盛的钱好赚,还是觉得我范宝盛好欺负,是个蠢货?你多赚我一毛两毛的很爽吧,行,好,我明天就跟大家宣布,我不进你的酸嚼了,你的东西有质量问题,你做生意不讲良心……李婆姆听得尚不明白,说,宝盛,你这大半夜的上来说这些到底是什么意思啊?范宝盛说,少装糊涂,你想糊弄谁也别想糊弄我!说什么都难解范宝盛心头之恨,他深入里屋,把一只只酸坛挨个揭开盖,盖子随手一扔,骨碌碌四下逃窜。李婆姆拉着他的手急得跺脚,宝盛啊,你犯浑啊,这揭盖漏风,我腌的东西都要坏了。范宝盛说,你这财迷心窍的老太婆,有本事这些漏风的你都不卖全扔了,我看你舍得……

范宝盛跟警察说，我就揭了李婆姆几个酸坛盖子，不再跟她进货了，这么小的事，她就要绑我儿子？范宝盛的语气非常不以为然。警察说，在这条街上，范记馄饨生意算是很不错的，而李婆姆平时的生意零敲碎打，你算是她的大客户，你不给她生意了，你说她会没一点想法？你还骂上门去，到处说她的不是，她能不计较？警察这么说反倒让范宝盛觉得惭愧了，他说，当时我是一时脾气上来，管不住自己，李婆姆虽然贪小便宜，但人不坏，我不信她能干出绑小孩的事。范宝盛说得很肯定，在下肯定结论的时候，他还觉得自己很对不起李婆姆，一个孤老婆子，靠卖酸嘢度日，他当时怎么就能为那一毛几分的利益，闹出这么大的动静来。他有些烦躁地对警察说，李婆姆你们排除吧，不可能是她。警察没说什么，只是在笔记本上记着。

第二个嫌疑人是补鞋匠方顺开。范宝盛说，我和这个外地人没打几回交道，最多只算面熟。警察说，你不是打过他吗？范宝盛说，打他，打过吗？范宝盛停下来想了几秒钟，拍拍脑袋说，对，是打过，这家伙有一次替我补一双皮鞋，我只穿了一天又开线了，你说气人不？我找到他，把鞋扔他脸上，他不服，我们就干了一仗，他那小身板子，两下子就被我打趴在地，一个外地人,不老老实实地干活,还想怎么样?范宝盛说起揍人的事总有点小得意。警察说,嗯,你仔细想想,最近这一段时间他有没有在你家附近出现?我的意思是出现的次数比以往多了?范宝盛皱起眉头说,我没注意,方顺开不可能干这事吧,我虽然和他打架,后面还是找他补鞋,他一样给补,补得挺好,所以我把打架的事给忘了。警察说,人家为了讨生活,表面上能对你怎样?范宝盛说,方顺开两口子租的是李婆姆的房子,我听李婆姆说,夫妻俩平时省吃俭用,成天就惦记着寄钱回家给上学的孩子和老人,从这一点看他应该是个老实本分的人。警察说,这个我们会进一步调查的。

第三个名字是柯双,良心杂货店的老板。看到这个名字范宝盛双手在脸上摩挲着,沉默了。警察说,怎么不说话了,听说你以前和柯双称兄道弟的,关系很铁,后来突然闹翻了,是什么原因呢?范宝盛翻了一个白眼说,原因你们没打听出来?警察说,别人说是别人说的,我们想听听你是怎么说的。范宝盛说,说就说,有什么大不了的!这柯双人是不错的,他第一个老婆病死后他一直单身,熬到前两年好不容易讨到现在这个老婆,娶上新媳妇可了不得了,成天像条狗似的守着。我是经常上他家去,那不都喝酒猜拳去的吗?怎么就成勾引他老婆了？他还想跟我一决高下,这不是自取其辱吗？我们两个一架打下来,绝交了。警察说,你和关丽真的没有什么关系？范宝盛说,妈的,我怎么可能和自己兄弟的女人搞一块儿去？关丽这女人我跟你们实话说,是有点风骚,也蛮漂亮,但我是有原则的人,我再好色也不会打她的主意。警察一直盯着范宝盛看,范宝盛声音大起来,你们不信？如果我说谎,那就让我阳痿。警察笑了,说,后来你和柯双一点交往也没有了？范宝盛说,没有了,见面也装看不见。

　　警察边记录边问,他儿子的智商听说比同龄的孩子低,你看他会不会有什么妒忌或是报复的心理？范宝盛摆摆手说,柯双没有这个胆,我们的矛盾我们自个儿清楚,不会计较到孩子身上,你们在柯双身上就不要浪费时间了,他不可能做出这种丧天良的事情。整条中山路上的人为什么都喜欢上他家的杂货店买东西？就因为他这人做生意讲良心,哪怕是老人或不懂事的孩子去他店里,他都不会占别人半分便宜,完全对得起他的店名"良心"两个字。警察嗯嗯地点点头。

　　再往下是清真拉面馆的马甘白。范宝盛指着马甘白的名字说,他还对我有意见？你们看看——范宝盛咧开嘴,露出他的门牙,他指着上门牙说,我这颗门牙就是被马甘白打松的，医生说了，用不了多长时间我就得装假牙了。你们看，我比马甘白年轻，个头也不小，可打不过人家呀，有人说他练过，我看是真练过，我都没弄明白怎么回事就被打趴下了，没占一点便宜。范宝盛说起自己的失败经历好像没有什么羞耻感。警察说，以往都是你打赢别人，总要有比你强的人才合理啊！说说，你们为什么打架？范宝盛说，他店面的空调滴水到我这边，我上门跟他理论他根本不管，我知道他是看不惯我生意比他好，故意为难我。警察笑着说，我听说你把人家面馆的遮阳板给捅破了？范宝盛说，他空调漏水到我这边，我这样做才能扯平啊。警察说，你们有没有互相抢生意的情况？范宝盛摇摇头说，卖的是不同货色，没什么好抢的，客人也不可能一个品种吃到黑，总得换口味的不是？警察点了点头。

范宝盛又扫了一眼名单说，你们名单上怎么没有赵兵强呢？这家伙我也打过，还不止打一次，照理说他应该最恨我了。警察说，我们调查过了，他前阵子欠了赌债，一直被人追讨，在你家孩子失踪前就跑出去躲了，到现在也没有回来。他老婆黄玉珠在电影院门口摆水果摊，人证多得是，没有作案时间。范宝盛说，这家伙就是欠揍，不把家败光不甘心！

警察翻看记事本说,从你家店面到李家的酸嘞摊,尽管只有几十米,但这经过的人家好像都与你有不和,我们的网拉得很大,你看还有美美发屋的小美,你有没有说过人家开的是鸡店,把人家姑娘气得不给你剃头了?范宝盛不好意思地笑着说,我是说得有点过分,可小美那妖精的做派,没办法不让人家想歪,她平时穿的衣服太省布料,跟没穿一个样,笑起来,那可了不得,街头街尾的猫和狗听了都叫唤。警察说,你这张嘴也够损的。

警察又翻了一页记事本说,还有卖宠物的何波,你嫌他那些东西脏臭,怕影响你的生意,你一直想办法把他赶出中山路,曾经还把一只死猫搁人家门店的招牌上头了……

范宝盛的脸像被揭了一层皮,泛红了,他盯着警察手中那本笔记本,心突然有些发慌,不知道那上面还记载了他多少罪状。他说,警察同志,说了一早上,根据你们的调查结果,我就是一个大坏蛋,对吧?这条街上很多人都讨厌我,对我有意见,所以就绑了我儿子,对吧?警察说,我们只是在和你核实情况,了解分析,没有下结论。范宝盛的情绪有些失控了,他站起来说,你们调查的都基本属实,我是浑蛋,我罪有应得!

好吧,如果是他们绑了我儿子,只要人找得回来,我不怪他们,我认了。警察拍拍他的肩膀说,你坐下,坐下,别激动! 这是个法治社会,天大的仇恨也不能干违法的事。范宝盛说,那你们继续调查吧,我没有什么可以提供的了。警察说,行,今天就到这里,你要放宽心,凡事往好的方向想。范宝盛离开前,盯着警察说,你们觉得我是报应吗? 警察也盯着他看说,我们都是唯物主义者,又拍拍他的肩膀说,做好人心安。

做好人心安,做好人心安,范宝盛一直念着这么一句话,脑子像一锅煮沸的水,走在路上被风一吹他清醒了些,突然闪过一念,警察是从哪里将这些信息调查出来的? 对了,一定是各家各户都为证清白,看到的都是别家与他的嫌隙,大家互相揭发出来的。他心里不禁涌上恨意,牙关咬紧了,没一个是好东西。再一转念,又气馁了,他都活到什么份上了? 警察那厚厚的记事本记录的都是他的恶行吧,他恶人一个啊! 这些年成家立业,赚钱了,活得挺自在,只要看不顺眼的,该打,该骂骂,他哪管别人怎么看啊。现在,他臭得连块狗屎都不如了。

范宝盛回到中山路卜,他看到许多人似乎都在背着他笑,他们一定很开心了,他的儿子没有了,他遭报应了。也许就是这街上所有的人合谋将范虫儿绑架了,他脑袋嗡嗡地响,像住着一窝蜂,他想冲着人喊,你们冲着我来吧,放了我儿子!这句话像火,燎过他的喉咙,他嚷不出来,却把他烧得心痛难忍,欲哭无泪。

他回到家,家里有好些人,李婆姆、美姑娘、柯双带着儿子,隔壁的马甘白、波仔等。你们来干什么,来看热闹吗?他没打招呼,走进卧房,把房门关了。他听到石水晶在外面跟人解释说,他心情不好,你们理解啊。

马甘白的嗓门儿最大,谁碰上这样的事都得急,你们放宽心,宝盛老弟是个有福之人,这不过是个小劫,会过去的。

柯双说,是啊,弟妹,这种时候要静下心来才能有好主意,昨晚我想了一晚上,在这事情上你们别省钱,多花点钱悬赏线索,重赏之下必有勇夫,我这三万块钱算是帮你们打个寻人启事。石水晶说,我们怎么能要你的钱呢。柯双说,我和宝盛什么交情,范虫儿我一直当我儿子看的,收下!石水晶带着哭腔说,柯双哥,那谢谢你了,我先收下了。

李婆姆说,这几天我一直后悔为什么不给虫儿送一缸子青皮杞果呢,送了他就不用天天往我摊上跑,也不会出这事了,我今天带的这坛青皮杞果,是隔水坛收的,放得久,等虫儿回来随时都有得吃。

美姑娘说,水晶姐,虫儿是个鬼精灵,懂事得很,人家不容易拐带的,你们要放宽心,没准过两天就自己回来了。

玉珠说,水晶,我家老赵没啥本事,打听人却有一套,等他从外边回来,我让他找孩子去……

范宝盛在屋子里每一句话都听得清清楚楚,眼泪悄悄流到嘴角,他舌头拐着舔舔,咸。外边这些人只不过是邻居街坊,他们凭什么对他这么好,就是为了让他愧疚吗?如果为这,恭喜你们,你们做到了,他愧疚死了,他恨不得能穿越回去,重新把他做过的混账事情一一更正,就像把风吹倒的树一棵棵扶起来。他平日里没想他们的好处,他们像他店面门外摆放的那几盆花,可有可无,过季败了的重新换上几盆盛开艳丽的,就是不摆也不会影响生意。他的心思是赚客人的钱,所以他只对客人好。他赚钱是为日子过得痛快,但凡谁碍着他不让他痛快的,他从不放过。他范宝盛原来就是这么个人啊!老天爷是为了让他看清楚自己是个什么人才让范虫儿丢掉的吗?老天爷啊,如果是为了这个,你的处罚太大了……

范宝盛躺在床上,不吃饭,不喝水,整整两天时间,石水晶冒着被揍的危险，一次次敲门，后来，他总算来开门了，像只风干的梨子，干裂的嘴唇嚅动着，石水晶，你说我是不是报应啊？石水晶惊恐地后退半步说，你，吃点东西吧。范宝盛说，我吃个屁，我儿子都找不到了我吃个屁，你说那人干脆把我杀了得了，为什么要绑我的儿子呢？石水晶说，谁，你说谁？范宝盛说，我不知道是谁，是谁啊?! 他突然把石水晶摁坐在沙发上，自己双膝一软跪在地上，咚咚咚朝石水晶磕了三个响头。石水晶像被蜇着一般跳起来说，你这是干吗？范宝盛说，这些年你跟着我受太多委屈了，没少被我揍，我这当是给你赔罪了，孩子找得回来我们就好好过日子，找不回来你随便打我，打死我也没有半句话。石水晶多日来强撑着，一下撑不住崩盘了，哇呀，妈呀，儿呀，你在哪里呀，你快回来呀。范宝盛搂着石水晶，轻轻地抚着她的背说，哭吧，哭够了，以后我们都不哭了！

　　等石水晶稍稍平静，范宝盛说，我现在出去给人赔罪。他走出门外，石水晶不明白他的意思，三两下把鼻子眼睛抹干净，紧跟着出去。范宝盛直奔李婆姆家。李婆姆坐在门口一张小凳子上，摇把蒲扇，守着摊子。范宝盛上前，扑通给李婆姆跪下。他说，李婆姆，对不起，我混账。他连磕了三个头。有一两个在摊上吃酸嚼的人,看着他们,嘴里的酸物掉到桌子上。李婆姆扔掉扇子,拼命架起范宝盛说,宝盛,别这样,起来,起来。范宝盛起身没二话,拍拍膝盖直接走到下一家。他走进美美发屋,在美姑娘面前,鞠了一个躬说,对不起,这是张破嘴!然后他给自己嘴巴上来了一记响亮的耳光。美姑娘在给客人吹头发,呆住了,手上的吹风筒对准客人的额头,客人被烫得直叫唤。范宝盛离开美美发屋,找到方顺开的鞋摊,他朝正在给鞋子上线的方顺开鞠了一躬,方顺开以为他是来找碴的,霍地站起,往后跳开两尺。范宝盛说,对不起,然后打了自己一个嘴巴。方顺开手里拿的一只破鞋掉到地上。范宝盛走进柯双家的良心杂货店,柯双在跟人结账,手在计算器上指指点点,范宝盛将柯双的手抓起来,用力地招呼到自己脸上,响声过后,柯双的手和他的脸同时痛了。柯双吓得叫唤一声,晃着自己的手掌说,宝盛,你这是干吗? 范宝盛搂着柯双的肩膀说,兄弟,对不起!柯双追出来,看到范宝盛直奔波仔宠物店。范宝盛走近一只狗笼,把手伸到一只看起来体型最大的狗嘴边说,咬一口,来咬一口。大狗胆子不大,被他吓退了半步。波仔疑惑地靠到他身后说,范哥,你这是? 范宝盛说,我有这么可恶吗,连狗都怕我? 波仔,我今天是来跟你道歉的,你家的狗既然不咬我,我就自己给自己一巴掌吧,他说完干脆利落地在脸上来了一下。

范宝盛马不停蹄地在中山路上奔走,他的脸被自己打肿了,打红了,嘴角打歪了,还挂着一丝血迹。石水晶跟在他身后,哭哭啼啼。范宝盛突然在路中央站住了,他说,他妈的,赵兵强跑路不在家,不然我今天可以全部道歉完了,这家伙真不是好东西,老子想干干脆脆了结都不行! 不行,我今天一定要全部搞定。他迈开腿又往电影院的方向前进。黄玉珠的水果摊在售票口附近。这时间黄玉珠没什么生意,盯着那些快腐败的水果叹气,正想着不需要吃晚饭,把这些水果当晚饭得了,范宝盛像一阵风吹到黄玉珠的跟前。黄玉珠以为生意来了立马有了精神,看清楚是范宝盛,后面还跟着个哭哭啼啼的石水晶又泄气了。范宝盛说,玉珠,今天你代表赵兵强,我给他赔不是了,范宝盛说完在自己的脸上打了一记耳光,然后鞠了一躬。范宝盛说完做完就走了,一点不拖泥带水。石水晶用眼神告诉目瞪口呆的黄玉珠发生的一切,黄玉珠一脸的茫然,还带着一点慌张。

可以说,被道歉的人家一开始是有点惊恐的,他们的心思都一样,觉得范宝盛这一举动是不是怀疑他们把小孩弄走了,想通过道歉,让他们心软,让他们把孩子交出来。后来,大家发现都想错了。第二天范记馄饨店的大门上张贴出一张暂停营业的启事,范宝盛和石水晶出门找孩子去了。

二

《金刚经》一遍一遍念下来，范宝盛像是在听自己讲故事，出离于婆娑世界。天稍稍有些泛白的时候，他出门了。他想去一里之外的范记馄饨店，喝一碗自家店里用蜂窝煤熬过夜，熬出牛奶白的骨头汤。

今天，在这个不大不小的城市里，不知道范记馄饨的人不多，范记馄饨成了小城传统饮食文化的一块招牌。范记馄饨可不仅仅是你印象中的那种馄饨店——门面仅够摆得下七八张桌子，一锅滚汤，十只馄饨盛一碗，汤面上漂着几叶香菜和胡椒面。当然，它也曾经有过这样一段历史。现在的范记馄饨店仍然地处中山路，在老址上吞并了附近两家经营不下去的店面，加盖了一层，变成三层楼，店里有包厢有卡座，楼后还有停车场。馄饨店主打火锅，馄饨就是下火锅的料，一盘盘馅料不同的馄饨摆在桌子上，当菜涮来吃。最负盛名的是蟹粉馄饨，在大众嘴里传说是鲜得可以把舌头吞下去的。店里也卖海鲜、鸡鸭鱼肉，客人也没少点，但都被忽略不提，大家只说馄饨。

大清晨的，路上行人零零星星，马路上的路灯还亮着。范宝盛发现路灯杆上新挂了广告，每根杆上都有，广告中是人跑步的图案，还有"建设绿城之肺"的口号，他意识到又有马拉松比赛了。果然，每一个路口，都架起一块告示牌，灯打得亮堂堂的，为了让开车的司机看得清楚——早七点整至十点整，一桥头至狮山森林公园禁止机动车辆通行。他心里有些遗憾，这段时间范平安感冒发烧，还有轻度肺炎，他到城东照顾着少出门，少看报，又错过一次参加马拉松的机会。范平安是范宝盛的第二个儿子，七岁，上小学一年级。石水晶为儿子上贵族学校，在城东买了房子，住城市的另一头去了。范宝盛喜欢老房子，喜欢离店面近，没事还是一个人住老房子，夫妻便成露水夫妻了。

马拉松在这个小城市里是近几年才兴起来的。三年前，从这儿往南走六七公里开发了一个狮山森林公园，就这么个公园，隔三岔五便组织马拉松赛，名目不一，有宣传防艾滋病的，有为福利院捐款的，有为希望小学捐款的。范宝盛对什么运动都不上心，单单对马拉松情有独钟。只要一看到告示,他就报名去,交完报名费,一般能领到一件印有本次马拉松赛主题的 T 恤衫,范宝盛收有八九件了。范宝盛不是长跑健将,他也不是为了名次去跑,他只是喜欢那种在人流中奔跑的感觉。终点很遥远,路很漫长,他在这路上跑,不缓不急,熙熙攘攘的人群,有的人跑前面去了,有的人落后面,有的人则中途退出了,他需要做的就是坚持到底。范虫儿失踪的头几年,只要一得到信息,他就会出门寻儿子,每一次出发前都怀着满满的信心,最后总是失望而回。从南到北,他走过许多陌生的城市,在那些陌生的城市里行走,混迹在人流中,不知何处是尽头,那时的感觉就像跑马拉松。他想他拼的不是技术,不是体力,只是坚持。在奔跑中,他感觉他在跟一个看不见的人赛跑,他不知道他是谁,既然不知道,他便不需要赢过任何人,他只需要赢过他自己。所以,他热爱马拉松。

范宝盛最后一次出门寻找范虫儿,是循着信息到湖南的一个小县城。那个孩子年龄长相和范虫儿有不少相似之处,孩子在几年的辗转漂泊生活中被吓得有些木呆了,问什么都低眉垂眼,紧闭嘴巴。虽然没有交流,但范宝盛知道眼前的孩子不会是范虫儿,他对所有与范虫儿命运相同的孩子都上心,所以他执着于从这孩子的口中听到点什么,一遍又一遍,孩子的嘴巴像被胶水封住了。范宝盛说,你什么都不知道,总该记得自己姓什么吧?孩子还是一言不发,牙齿咬着嘴唇。范宝盛说,你爸爸妈妈一定告诉过你姓什么,每个孩子都有和爸爸一样的姓,你记住了才能找到自己的家!他口气变得严厉。孩子眼神游移,喉咙里发出蚊子一样细小的声音,我姓张。范宝盛激动得抱起孩子,好,姓张,你会写自己名字吗?孩子摇摇头说,爸爸妈妈叫我宝宝。范宝盛说,张宝宝,你以前和爸爸妈妈住在什么地方呢?孩子说,我家住在河边。范宝盛说,河边有什么?孩子说,河边有一座小桥。范宝盛说,桥那边是什么地方?孩子说,桥那边是大街,我爸每天在街上卖豆腐……范宝盛鼻子酸了,他摸着孩子的头说,真是聪明的孩子,警察一定会帮你找到爸爸妈妈的。

从湖南回到家,风尘仆仆的范宝盛放下旅行包,把随身带的范虫儿照片挂到墙上,石水晶知道这一趟又是白跑了,她站在相片跟前静静地抹眼泪。范宝盛说,这次我见到的那个孩子他记起他姓张,记起他家住在河边,记起他父亲在街上卖豆腐,我想他很快就能找到父母了。石水晶看着儿子的照片抹眼泪,我的儿子啊,你到底在哪里?范宝盛搂住妻子的肩膀说,我们的儿子也一定会记住自己姓范,我们好好经营范记馄饨,守着范记馄饨这块招牌,他会寻回来的,以后我不出去找孩子了,我就在这儿等他回来。石水晶不知道丈夫的心事,她疑惑地说,你放弃了?范宝盛说,我怎么会放弃我的儿子?我说了,我要在范记馄饨这块招牌下等着儿子回来,石水晶,你信不信,我能等得到!石水晶看着丈夫多日未剃的头发,晒得黝黑的面孔,她的忧伤化为爱怜,她点点头说,我信,我信,我信你,也信老天爷。范宝盛说,你对自己老公的评价太高了,我哪里算得上一个大好人?我只是努力在做一个好人应该做的事,不容易啊,跟跑马拉松一样,坚持到底就是胜利。以前我几乎每天都会想,到底是谁把范虫儿拐走的,他是我们的熟人,还是一个陌生人?他是为钱为仇还是因为别的什么原因要把孩子拐走的?我的孩子在哪里,他过得好不好?现在我不去想这些问题了,无论是谁都夺不走我的儿子,孩子无论生活在哪里都是我的儿子,我们就在这里等着他。

范宝盛从住的地方走到范记馄饨就十来分钟的路程。十来年范记馄饨店面装修换了好几回风格,可招牌还是老招牌。那是一块花梨木,有着美丽的花纹。当年"范记馄饨"四个字是范宝盛的父亲亲自书写,请人拓刻上去的。隔一两年把招牌上的漆刷上一遍,看上去总是新崭崭的。范虫儿开始会说话,范宝盛就把他带到自家门店的招牌下面,指着上面的字教他,范记馄饨,虫儿,你姓范。范虫儿说,范记馄饨,虫儿,姓范。你叫范虫儿。我叫范虫儿。范,草字头,三点水,横折勾,竖弯勾。范,草字头,三点水,横折勾,竖弯勾。站在招牌下,范宝盛清楚地记得当初教儿子认字的情形,儿子拿着一支筷条在地上弯弯扭扭地写着范字,经常先写三点水再写草字头,范宝盛会说,儿子啊,草字头这么小,没有草帽帮你遮阳,你会被太阳晒的。范虫儿重新把字抹掉再写,先写上大大的草字头,再写上三点水,他一边写一边说,我不怕太阳晒了。

店面三楼的灯亮了,有几个服务员住在三楼,人语声从上面飘下来。范宝盛把门前长椅子上的水汽擦了擦,坐着等,没几分钟,店门打开,几个服务员走出来。他们看到范宝盛叫声范哥好,就各自忙着擦桌子,打开炉火。

范宝盛前几年把店面交给柯双的儿子柯子夫妻管理,夫妻俩住在店里,方便生意。这些年来有很多机会范记馄饨可以到别的地方开去,毕竟中山路是一条老街,房屋老旧,街道狭窄,交通不便。许多新开的大卖场邀请范宝盛入伙,范宝盛都拒绝了。比如城里最高档的万宝城开张前,也邀请范宝盛入伙,范宝盛还是没答应。石水晶心思动了,带上柯子和张娟一块儿劝范宝盛。石水晶说,现在做连锁是最赚钱、最省事的,你真是不想赚钱了?范宝盛说,天下哪有能赚钱不用操心的好事,等真的开起来,烦心事就来了。石水晶说,中山路这条老街拆迁是迟早的事,我们怎么样也得先给自己留条后路。范宝盛说,等要拆迁再说吧。柯子说,叔,婶说得有道理,等到要拆迁只怕就晚了,再说了,同时开几家也能让我们范记馄饨的名气更大呀。范宝盛说,连锁店我是不会开的,你们要开你们开去,别叫范记馄饨,叫石家馄饨,或者,范宝盛指着柯子说,你脑子灵光,能一心二用,开家柯家馄饨吧。柯子吓得直摆手说,叔,我没脑子,我不行,我不行。石水晶还想再说,范宝盛说,石水晶,我和你说过,我要在这个地方、这块招牌下等我儿子回来!这一句话把石水晶惊住了,范宝盛此前说这话的情形浮上心来,那时她不太明白丈夫的心情,现在却是看到了丈夫的决心,开连锁店的事从此不提了。

其实早餐的生意也是可以不做的。范宝盛做早餐的生意凭良心说真不是为了赚钱。一是以前做有早餐生意，突然不做，会辜负一些客人，二是许多人乐意吃一碗馄饨，可现在范记馄饨变成正餐了，价位高了，很多人不容易吃上了，那么就还是搞些平民化的。早餐卖最简单的馄饨，十只一碗，就汤面上漂着香菜叶子和胡椒面那种，生意也很好。

店里的服务员整完内务，开始吃早饭，有的下面条，有的吃馒头。柯子问范宝盛要什么。他说来碗汤，再上个馒头。柯子给范宝盛盛了碗汤，用碟子装了一只白白胖胖的大馒头上来。范宝盛嘬嘴把汤面上的油吹一边，一大口热汤下肚，肠胃暖了，心头热了，馒头嚼在嘴里，没搁糖的馒头让他嚼得一口香甜。范宝盛做事挺麻利的一个人，独独吃早饭，细嚼慢咽，每一口都吃出珍珠粒的感觉，喝了两碗热汤才把一只大馒头送进肚里。服务员吃完早饭都各自忙去了。范宝盛绕到店面后头上厕所，发现两大缸的泔水还在。他找到柯子问，这泔水昨晚没运走？柯子说，玉珠阿姨来了电话，说兵强叔生病，来不了。范宝盛说，有好些天没看到他们了，你把店里的三轮给我开来，我把泔水给他们运过去。柯子说，叔，不用你，我给他们运去。范宝盛说，你还是看店吧，这又不费什么力气，我当去郊游。说话间，听到突突的马达声，掉头看，是黄玉珠开着平时运泔水的小电动三轮来了。黄玉珠早上起来头发没梳，随意绑了一把，开三轮车风大，那一把头发被吹得像刚跟谁扯头发厮打过一架似的，身上穿的又是黑紫色衣服，完全像一个受苦受难的老妇人。黄玉珠比石水晶大不了几岁，但两人站一块儿，说是母女都有人信。范宝盛真心感叹这个女人命苦，苦的大半根源来自于嫁了赵兵强那样一个男人。

　　说来谁也不信赵兵强原先开过和范宝盛一样的馄饨店，一开始味道也不见得输过范家太多。可这家伙为省钱进死病猪肉，让记者给捅出来，被罚了一笔钱，整顿后再开门做生意就没什么客人了。赵兵强不思己过，反而见不得范记馄饨的生意好，四下放风说范家的骨头汤里放了罂粟壳。只要有人上他家店里吃馄饨，赵兵强会夸张地祝贺人家来对地方了，因为隔不远的范记馄饨汤里放了罂粟壳，这吃了还想吃，可这吃的都是毒啊！说得多了，风声传到范宝盛的耳朵里，范宝盛的风格是众人皆知的。当天，范宝盛拎起一张店里的圆面三角凳杀向赵家面店。他一路骂骂咧咧，赵兵强，你拿脏水泼我，毁我家馄饨店的名声，别怪我手下无情！爱看热闹的跟了一溜儿，范宝盛更来劲了，街坊邻居你们来做个见证，赵兵强说我的骨头汤里下了罂粟壳，我这把凳子是准备用来砸他脑袋的，我要看看他的脑袋砸开以后出来的是血还是水！你们赶紧通风报信，让那家伙躲起来，不然，我不信砸不死他……

这极像一场事先张扬的谋杀案。赵兵强那边是有好事人通报了，可听到风声时有些晚，来不及躲了，赵兵强也想撑点门面，说，我就在这儿等他范宝盛，我不做亏心事，我怕他?！范宝盛气势汹汹杀到，根本不客套，举起凳子当头砸向赵兵强，赵兵强躲了一半，肩膀受过了，范宝盛直接把凳子扔过去，赵兵强脑袋中招了，随着一声惨叫，一道血从头发隙里流下来。范宝盛继续抄起门边的扫帚当棍子劈向赵兵强，赵兵强用手护脑袋，可胳膊腿上都结实地挨了棍，他趁势滚到地上，大声号叫。黄玉珠护夫心切，扑上前拦着也挨了两棍，她顾不上痛，死死拽住范宝盛的扫帚说，宝盛，大家街坊多年，有事好好说，别打了，别打了。范宝盛除了对自己老婆不客气，对别的女人还是有些绅士风度的，他停住手说，除了我老婆，我不打别的女人，赵兵强，你今天得跟我好好认个错！把你泼出去的脏水收回来！黄玉珠赶紧说，我们错了，错了，都是我这张嘴巴贱！说着她掌自己的嘴。范宝盛皱起眉摆摆手说，算了，算了，以后我再听到那些不好听的，我就不是带张凳子，而是要带把菜刀过来了！说完扬长而去。赵兵强从地上爬起来，捂着脑袋说，此仇不报，我誓不为人！黄玉珠找来一条毛巾给他捂伤口上，赵兵强说，你个贱货把我的脸都给丢尽了，你给他道什么歉?! 黄玉珠说，没有我，你今天被打死也难说。赵兵强扯起嗓子跟那些看热闹的喊，我与范宝盛不共戴天！

范宝盛不光是个武夫，还算得上是个谋士，教训完赵兵强他花钱请了电视台的记者来观摩他店里制作馄饨的流程，上了美食节目，同时还请来食品卫生管理部门，证明他的骨头汤是货真价实的骨头汤，没有任何添加剂。范宝盛的钱没白花，店里的生意更红火了。

赵兵强的店最后开不下去，转手了，用转让费租了个摊点卖水果。这不成器的家伙做什么也白搭，他给人称水果喜欢吃秤眼，加上进货贪小便宜，进来的水果品质不好，烂得快，烂得多，水果摊的生意做了一年多又做不下去了。这人还有好赌的毛病，平时挖空心思在生意上占别人的便宜，可赚到的钱会毫不迟疑地送到地下赌场去，像傻子一样送。经常欠赌债，还不起就跑外边躲。范虫儿失踪那阵子，他就是到外边去躲赌债，足足躲了一个多月才敢回家。回来后水果摊还是保不住，全抵债了。那以后开始做些不稳定的生意，例如八月十五贩上一些板栗和沙田柚，冬天贩上一些新疆棉胎什么的，靠做这些不稳定的生意，有时赚有时赔。有一次是赚了稍大一笔，急慌慌又往黑赌场送，这下好，赔得房都租不起了。玉珠到处借钱，借到范宝盛这儿，范宝盛二话没说，借了，并开口让赵兵强来帮他一起打理馄饨店，这是给赵兵强一条活路，那时赵兵强也没有其他活路了，夫妻俩过来范记馄饨店做了两年。范宝盛让石水晶每月把工资直接开给黄玉珠，从来不让赵兵强手里过钱，他们夫妻的日子才算稳定下来。

这也就两年的时间，街对面新开张一家馄饨店，为了与范记馄饨竞争，人家来挖墙脚，赵兵强一下被挖去，直接招聘过去给人家当副经理，玉珠把嘴都说破了也劝不住。赵兵强在范宝盛门店干这两年，他不会想人家是为了他有一口稳定的饭吃，他感到的是不自在，寄人篱下，甚至还有点屈辱，现在好机会来了，他要扬眉吐气了。他跟范宝盛辞职的时候说得硬气，我家赵联胜考上大学了,学费高,我出去做能多赚点。范宝盛挽留不住,让他走了。赵兵强到新店上班,主要的竞争对手就是范记馄饨,人家看中的也是他这一段经历,他了解范家的经营路子。赵兵强给员工制订了一个口号——"把范记馄饨比下去",每天早中晚店里的员工排成两排在店门口喊上几嗓子,像打强心针似的。赵兵强有些长进了,没有使出当年那种下作的手段,他在价格上挤对范家,什么花色品种都便宜上一丁点,他说一丁点就足够了,哪怕便宜一分钱客人都会觉得占了大便宜,他这以己度心是度对了。新店一开始生意确实很好,客人大都有追求新鲜的心理,再加上新店的价格也比范记馄饨便宜。范记馄饨的生意有一阵子不太好了。不少人跑到范宝盛跟前骂赵兵强,骂这忘恩负义吃里爬外的小人。范宝盛说,我们大伙儿不是一直在帮他吗? 他能有出息,大家该高兴。来说是非的人讪讪的,心里想,你这范宝盛,儿子丢了以后男人血气就败了,成天充个老好人,能当饭吃啊? 石水晶也气不过,宝盛,赵兵强衰的时候你帮他,我就不太愿意,当成全你一份好心才没有反对,现在看来是错了,人家都骑到你脖子上拉屎了,我宁可你像当年那样冲到他店里好好修理他一番,那才解气! 范宝盛笑着说,你现在又觉得我当年那样英雄得很,我变回去你乐意?石水晶说,反正好人难做。范宝盛说,我们当时帮赵兵强是他来求我们的吗?石水晶说,这倒没有。范宝盛说,当时我们帮他,是想让他报答我们吗?石水晶说,没有。范宝盛说,这就对了,人家没有求,是我们自愿的,所以,今天人家怎么样我们都不能说什么,我们做我们的,他做他的。石水晶说,宝盛,你真的这么看得开?范宝盛说,老婆啊,我当然也有许多放不下、看不开的,不过我每天都在提醒自己要比昨天做得好一点,每天有一点进步就够了。石水晶说,我没你的悟性,我只看眼前利益,店里生意不好,我开心不起来。范宝盛说,你放心吧,靠别人垮台了生意才能好不是本事,我们把怨别人的工夫用在想办法上,生意会好起来的。

范宝盛正是在生意不好的这段时间,思考对策,突然开了窍,异想天开用馄饨来下火锅,付诸实践后,一炮打响,一发不可收拾,生意越来越好,把隔壁两家店都盘下来了。

赵兵强做的馄饨店生意风光一阵后开始不冷不热,当范宝盛的馄饨火锅冒出来后,他们的生意就更差了。那投资的老板没了好脸色,直接把赵兵强开了,店面改做快餐生意。赵兵强丢工作后，范宝盛曾邀他回来，他脸皮纵是再厚也不好意思回来了。在外面又东奔西跑的，做什么谁也不清楚，问玉珠，玉珠也说不知道。有一阵子小半年不回家，也没和家里人联系，玉珠哭到范家来，让范宝盛帮忙打听。范宝盛费了好大周折才打听出来，赵兵强跑西南去做玉石生意，骗人货被打断了腿，回不来了，不敢也不好意思和家里联系。范宝盛自己开车，一路跑了三天到西南的小县城，把赵兵强给接回来，赵兵强这趟回来精气神全没了，老了十几岁一般，耷拉着个脑袋，烟是一根一根地吸，半天没句话。玉珠跟石水晶一把鼻涕一把泪地诉说，我家这位是把魂吓没了，赵联胜还没毕业，花钱的地方多了，我一人怎么撑啊。范宝盛和石水晶合计了一番，把赵兵强夫妇约出来谈建养猪场的事。范宝盛计划在郊区建个小型养猪场，有相当一部分猪肉直接供应店里，余下的往外卖。他投资，让赵兵强夫妻俩占干股，管理整个猪场。这本来就是为赵家夫妻量身定做的方案，玉珠千恩万谢地答应了，赵兵强虽然没说个谢字，心里也是服了范宝盛。这几年夫妻俩老老实实在养猪场干，赵兵强天天一早过来饭店运泔水，还挺勤快的。

范宝盛说,玉珠,兵强病了?玉珠说,胃痛,吃什么吐什么。范宝盛说,去医院看了?玉珠说,昨晚是自己买了点药吃,他不太乐意上医院。范宝盛说,什么病都先让医生瞧一瞧再说,赶紧的,我跟你一块儿到养猪场,我陪他上医院。范宝盛帮忙把泔水装到玉珠的车上,自己也坐到一旁。黄玉珠说,这泔水的气味……范宝盛挥挥手打断她的话说,走了,大清早空气好着呢。

一路上没什么车,四十多分钟他们就到养猪场了。养猪场在城乡接合部,租用的是郊区农民靠山边的几亩地。猪舍有七八间,一排砖瓦房,采光透气都好。七十多头猪按照猪龄大小分住。赵兵强的腿被打折过,走起路来一扭一拐的,但人勤快了,手上的功夫也就显出来了。猪场的空闲地,山边,全被他种上各种蔬菜,这菜少部分是他们夫妻平时食用,大部分还是做猪食,所以,红薯藤、南瓜苗种得最多。猪粪是最好的肥料,养得那些肥肥粗粗的瓜瓜蔓蔓爬得到处都是,看上去一片田园风光。每年收下来的红薯南瓜都堆满一间屋子,留着给猪催膘用。来收购生猪的人看他们的喂法,都特别乐意把猪买了去,说这生态猪是名副其实的生态猪。赵兵强还曾建议在山边再挖一口塘,说猪粪水引入塘,放下鱼苗,其他不用管,就等着捞鱼了。范宝盛没同意，他考虑的是一心不能二用。

赵兵强夫妻俩住的屋离猪舍只有十来米，但处的是上风地带，要不是偶尔有一阵带着猪粪味的风吹来，空气还是很清新的。赵兵强坐到门口，天已经开始亮了，他的脸还是黑的，抽着烟。

玉珠说，少抽一根你会死啊？

赵兵强说，你哪一天不咒我啊，我就不死，让你烦。

范宝盛呵呵笑了两声说，对，就不死，等下看病去吧，我陪你去。

赵兵强说，多大的事，我自己能去，又不是走不动了。

范宝盛说，我看你是累的，你们两个人养这么多头猪，要不再请些人吧。

赵兵强说，我还能动，请什么人啊？再说了，现在请人有多难啊，一听说是养猪，都不乐意，好像让他吃猪粪似的。

范宝盛忍不住又笑了，你这张嘴啊就是太厉害了！最近我一直在想这事，养猪是个体力活，起早贪黑的，你们比我大差不多十岁，中年也过了，我想请几个年轻人来帮忙，扩大养猪场规模，你们俩当监工，每天在猪场里逛一逛，算算账，体力活就不用干了。现在生猪好卖,我们养生态猪,更是稳赚。还有,你不是一直想再弄个鱼塘吗?我们就整个鱼塘,既能赚钱,你平时没事还可以钓上一竿,我隔三岔五也来陪你钓钓,多美的一件事!

赵兵强说,真照你说的,我们两口子不等于吃闲饭了?

范宝盛说,哪有,不是让你们当监工吗?雇来的是外人,得靠咱们自己人去管我才放心啊。

赵兵强把烟屁股扔地上,抬脚踩灭,有点不恭敬又有点像开玩笑似的说,范宝盛,这些年你怎么就像欠我什么似的呢?巴巴地对我好。

玉珠白了赵兵强一眼说,你嘴里能说出点好听的话吗?宝盛对谁都好,没有宝盛你早完蛋了,李婆姆早死了,柯子早流落街头了,这些年宝盛做的功德多了。

范宝盛摆摆手截住玉珠话头说,不说这些了,大家老邻居,互相照应是应该的,走,赵哥你带我转转。

赵兵强带着范宝盛在猪场里转,进了猪舍,靠近猪栏,那些猪挺着滚圆的肚子,懒洋洋地看着他们,时不时嘴里发出努努努的声音。范宝盛说,吃得很饱了。

赵兵强说,可不是,四五点就得爬起来喂,不喂饱它们可以把你闹死,赶上催膘的,半夜还得再给它们加餐。

范宝盛说，它们肥，你瘦了。

赵兵强说，唉，你别拿猪来和我比啊，千金难买老来瘦，好事。

两人在养猪场逛了好几圈，赵兵强把周围可能扩大的空间指给范宝盛看，两人商议着怎么扩大规模。在场里待了一个钟头的工夫，范宝盛抬手看手表说，现在过七点了，外面有马拉松赛，封路了，到十点才能解禁，你看病要过了十点再出门，我陪你一块儿去。

赵兵强说，你当我小孩子啊，看病我能自己去，你该忙什么忙什么去吧。

范宝盛说，我能有什么可忙的，店里的事全交给柯子两口子了，我闲了也是喝茶。

赵兵强说，那走，走，回家喝你的茶去，猪场多臭啊。

范宝盛笑着说，你赶我呢，今天我确实也还有个事，我得去养老院看看李婆姆，这阵子范平安生病，我有半个月没去了，要不你也跟我去看看？

赵兵强摆摆手说，我没那精气神，你自己去好了。

范宝盛反复交代赵兵强一定得去看医生，赵兵强烦了，让玉珠赶紧把范宝盛送走。玉珠开三轮把范宝盛送到大路口说,这都封路了,没车,这么远的路,好几公里呢,你真能走回去?范宝盛说,这一路上空气好,我边走边看人跑步,不闷,过了十点你一定记得让赵哥看医生去啊。玉珠点点头跟他挥挥手告别了。

玉珠把三轮开回到屋前,赵兵强又一根烟点上了,坐在门口吸,眼望远处。玉珠没好气地说,你也别怪我咒你,自己的身体自己不爱护,谁也帮不上忙。

赵兵强说,活到这份上了,爱不爱护又有什么区别?

黄玉珠说,谁爱搭理你!我苦了一辈子,不敢指望你对我有多好,可你儿子还没有成家立业呢,你想撒手不管?

赵兵强把烟头往地上一扔说,妈的,造的什么孽?好不容易供完大学,现在还得给他供房给他娶老婆!范宝盛最好赶紧把养猪场扩大了,我们跟他再要多点分红。

玉珠说,我是不好意思再跟人家谈条件了,人家要招什么人招不到,大学生研究生都上街卖猪肉了,人家非要用我们这两个老东西?本来就是为了照顾我们。

赵兵强说,我们也不是白吃饭的,哪天偷过懒了,还不是为他范宝盛打工,他拿的可是大头呢。

玉珠说,赵兵强,做人得讲良心,范宝盛这些年来怎么对我们的你心里清楚得很,别一张嘴死硬。

赵兵强说,行,我闭嘴,不说了。

玉珠拉张凳子坐到赵兵强跟前说,老赵,这么多年我一直有个疑问,十二年前,范虫儿失踪那天晚上,大家都以为你躲赌债躲到外边去了,可我知道你是回过家的,我在衣橱抽屉里放了六百多块钱,后来发现少了三百多,我本来以为是赵联胜偷拿的,再查又发现你柜子里的衣服有两件不见了……

赵兵强瞪起眼睛,放你妈的屁,我什么时候回过家,你这话什么意思?

玉珠说,我的意思你明白,做人得凭良心,你不信报应,我信。

三

　　范宝盛在人行道上走着，参加马拉松的人群与他逆向而动，汹涌的人群从他身边跑过，带着一股热浪。看着一张张被奔跑热力染红的脸，他脚下不知不觉跑起来，很多人扭头看他，觉得他很奇怪，他冲他们笑着。人群中突然有小骚乱，有一人先是弯下腰捂着肚子，然后缓缓倒下。范宝盛快速穿过人群跑到那人身边，他让大家不要随便移动患者的身体，他轻轻握住那人的手，掐虎口，揉劳宫穴，那人慢慢睁开眼睛。他问，不经常运动吧？那人点点头。他说，不经常运动慢点跑，走着也行。不一会儿有背着急救箱的医务人员赶到，把患者抬走。范宝盛回到马路另一边，继续跑起来。跑到自家店面前，花了一个多小时，他一点不累，看来身体真是不错，他很满意，心想下次参加马拉松跑快　点，没准还能拿个名次。

店里的早餐潮已过,只有零星的几个食客。员工正在准备中晚餐菜料。范宝盛往厨房方向走,厨房历来是他最喜欢待的地方。最里间是柯子的配料间,一般不许外人入内。柯子得了范宝盛的真传秘方,专门负责配制馅料,平时关在里间做事。

　　从小柯子一直被看作低智商的孩子,上学在班上稳坐最后一把交椅。范宝盛原先也是这么看的,与柯双闹那一场决裂后,范宝盛对柯子有了新认识,他发现这孩子不傻,要说应该算个实心眼。当年范宝盛与柯双闹的那一场绝交戏码还是由柯子引起的。范宝盛承认柯双的新老婆关丽确实是个美女,他每次到柯双的杂货店喜欢跟她说上几句咸湿笑话,他的笑话好像总能让她笑得花枝乱颤,他心里也很愉悦。关丽非常喜欢范宝盛到访,范宝盛一来她会勤快地下厨炒菜留他吃饭。关丽对柯双就很少有好脸色,拌嘴是家常便饭,吵起来关丽的嘴从来不饶人,多么损、多么恶毒的话都说得出口。例如她骂柯双秃驴——柯双有些谢顶了,她骂柯双肥猪——柯双有点肚腩,她骂柯双软蛋、是镴枪——指向暧昧。被骂得一无是处的柯双最后还得自己给自己做饭,洗衣服,因为关丽姑奶奶不伺候你。那天是方顺开带着两个小孩来买饮料,孩子放假了,大老远的来看父母,柯双看孩子可爱,知道方顺开一向节俭,所以方顺开买两罐饮料,柯双另外送了一袋饼干和一袋果脯。等客人后脚刚迈出门槛,关丽立马发飙了,柯双,你是李嘉诚吗?每天挣这两个钱你还装李嘉诚,你有本事最好开个福利院,猫啊狗的都领家里养得了。柯双说,至于吗,就两袋小零食?关丽说,行,你大方,手链呢,你说要给我买的手链呢,我是被你骗来的,你这个软蛋我要跟你离婚。柯子在一旁冷不丁地插了一句,关丽,你对我爸很凶,可你对范叔很温柔。关丽唾沫横飞的嘴定住了,呈O字形,至少过了五秒钟,她扑过去一巴掌拍在柯子的脑袋上说,傻仔,我撕你的嘴。柯双脸色铁青,冷笑着说,为什么打我儿子?你让他说。来,柯子,你告诉爸,关丽怎么对范叔温柔的,我不在家的时候他们有没有上过楼?柯家的睡房在二楼。柯子说,上过,不过好像是关丽让范叔上楼去拿东西。夫妻俩对视着,对视着,不知是谁先动手,两人抱到一块儿厮打开了。柯双第二天就跑去跟范宝盛理论,和范宝盛干了一仗从此绝交。

后来,柯子在路上碰到范宝盛,主动上前来说,范叔,是我跟我爸说关丽对你很温柔的,她本来就不正经,可你跟我爸是好朋友,怎么打我爸下手那么重呢?

他手都脱臼了。范宝盛说，那你说范叔有没有不正经？柯子说，你说那些笑话的时候就不太正经。范宝盛哭笑不得，他说，谁说你傻，我看你一点也不傻。柯子说，傻是不傻，但也不聪明，要不老师教的我怎么都听不明白。

范虫儿失踪后，柯双上门来送钱，范宝盛过后虽然没有明显地与柯双重修旧好，但这份情谊他是记下了。六年前，柯双开小货车去进货跟别人的大货车撞了，把自己给撞出个半身不遂。关丽伺候了两个月后把家里的钱卷走消失。家里的事情全部落到柯子一个人身上，柯子要照看父亲，又要照看店里的生意，干脆不上学了。范宝盛又是哄又是吼让柯子重新上学去了，杂货铺关了门，他负责柯家的生活费，又请了个钟点工，让钟点工照顾柯双，没事时他还会上家里来把柯双推出去晒晒太阳，两人又跟以前一样聊天了，只不过基本上都是范宝盛在说话，柯双很少说。身体残疾，老婆抛弃，柯双心志不高，郁郁而终。范宝盛给柯双办完后事，就把柯子接家里当自家孩子养着了。

柯子读完高中读不下去，自己也死活不愿意读，说要跟范宝盛学手艺。范宝盛考量了一番，知道这孩子确实不是块读书的料，还是学门手艺挣饭吃实际。

48

他几乎是手把手教柯子做菜,做面食,包馄饨。柯子这孩子实心眼,做起事来特别细心、认真,范宝盛又把配制馅料的秘方传给他。柯子配制馅料的时候从来都是一丝不苟,配出来的一些料比范宝盛的还要好。石水晶有意见了,毕竟范家老二——范平安已经生下来了,正在满屋乱跑呢。

石水晶说,秘方你都传外人了,自己的孩子怎么办?范宝盛说,柯子怎么能算是外人?再说了,能有柯子替我们传承这门家业你做梦都应该偷笑了,难道你指望范平安长大了安安分分地待在店里配馅料包馄饨?如果你有这个打算,别跟我一天到晚地唠叨让他去学什么钢琴,学什么围棋,那些虚头巴脑的东西对他将来继承家业没什么帮助。石水晶说,我要儿子学这些东西有什么错,我将来还要他出国呢!范宝盛说,没有错,一点也没错,所以说范平安将来长大后他选择的余地很多,但柯子就没有什么选择了,我必须传他一门吃饭的手艺。石水晶一下没话了。

前两年看柯子成人,范宝盛盘算着给柯子张罗婚姻大事,他相中一直在店里帮忙的石水晶的远亲张娟。张娟出身农村穷人家,比柯子大上三岁,人长得一般,可性格温和,范宝盛让石水晶撮合,石水晶本来说没有一分把握，没想到一提姑娘立即应了，原来两人在一起做事感情早有了。两人领完证，范宝盛又了了一桩心事，把店里的事交给他们夫妻俩，自己躲清闲去了。

范宝盛走到配料间门外，门上挂了个闲人免进的牌子。范宝盛敲了敲门，柯子戴着口罩来开门，看是范宝盛，把人往里让。范宝盛说，我不进去了，等下忙完午市你跟我去看看李婆姆。柯子说，好的，我顺便给她带一盒马蹄肉馅的馄饨，李婆姆最爱吃了。范宝盛说，好的，你准备准备。柯子又探出头来说，叔，我新做了一种馅料，你要不要尝尝？范宝盛说，尝，干吗不尝？

转眼午饭时间到了。范宝盛在包间里看电视，一边品尝柯子包的新口味馄饨，还没品出来，门外传来吵闹声，声音越来越大，听上去有些不对劲了，他赶紧出了包间，看大门外张娟在给两位客人劝和。店门口的停车位不多，来晚的得到远处的停车场去停车，谁都想抢这近前的车位，这两人就因停车位打起来了。张娟的劝说显得太斯文，两人没当一回事，骂着骂着有一人就在对方的车上踹了一脚，这脚等于是踹人身上了。范宝盛一看坏了，果然另一人把张娟推开直扑过去。范宝盛飞快地插到两个男人中间,把张娟搡旁边去,这一瞬的工夫,范宝盛肩膀替人受过,挨了一拳,疼得他嘴张开吸了一口凉气。那人还想继续向前冲,嘴里嚷着,拳脚无眼,少管闲事!范宝盛仍然没放手,生生用身体拦着人,他说,大家来这里都为吃个饭,图开心,要真打起来打伤了,派出所管不管暂且不说,痛的是你们自己,痛的是家里人,为这么个车位值得吗?打架打死打伤的我见多了,过后没有一个不后悔的,你们把车钥匙都交给我,我负责把你们的车子停好,另外,中午在我店里吃饭,我打七折,怎么样?听范宝盛说得实在,两个人便把话题转移了,给自个儿找台阶下,一个说,老板,你这里的车位也太少了,要不是菜的味道好,我何苦来这里挤。另一个说,我是你店里的常客,照顾你生意多了。范宝盛拱拱手说,谢谢,谢谢你们捧场。两人分别把钥匙都交到范宝盛的手里,一前一后由服务员迎进店里去了。

张娟上前来问范宝盛,叔,你被打痛了吧?范宝盛说,没大碍。张娟说,就你脾气好,我学不来。范宝盛说,你也知道叔年轻时爱打架是吧,打架得到什么好处?争一时之气,过后大多会后悔的,我们旁人能劝和一定尽量劝和,这也是功德。张娟说,叔说得是。范宝盛说,你去厨房看看柯子把馄饨煮好没有，让他赶紧的，我的车得开出去给人腾位置,等我车开走,你把客人的车停好。

张娟传话去了,过了十来分钟,柯子乐呵呵地拎着一袋东西出来,上了范宝盛的车子,带来一阵子热香。柯子说,叔,你开快点,李婆姆还可以吃热的。范宝盛说,放心吧,今天周末,没太多车。一路上果然没太多车子,四十多分钟后到了养老院。

在门口登记完,范宝盛带着柯子往李婆姆住的103号房走,到门边就听到有护工在里面高声说话,你再不吃就没有吃的了,快点吃!听起来态度不是很好。听到范宝盛他们的脚步声,护工扭过头来看,脸上不耐烦的神色缓和下来,语调有些夸张地说,李婆姆,有人来看你来了。

范宝盛说,我们来喂,你去忙别的事吧。

护工赶紧诉苦说,你们别看李婆姆什么都不记得了,人很倔呢,不想吃就不吃,不听劝,我都喂了半个小时了,也没吃两口。

柯子说,李婆姆喜欢喝汤,吃稀的,你这些饭,她不喜欢。

护工说,她的伙食交的就是这个档次的,对了,她的费用都快用完了,院长正在联系她的家属续交呢。

范宝盛说,不会吧,我听李婆姆说过她早把住养老院的钱备得足足的,不可能欠费啊。

护工说,具体的我也说不上,我现在去把院长找过来和你们谈谈,你们好歹也是她的亲戚,不能丢下老人不管啊。

柯子在一旁说,我们只是老邻居。

范宝盛用手势止住柯子,对护工说,你去把院长叫来吧。

李婆姆似乎还是有些认识范宝盛的,看到他们嘴巴就一直嘟嘟囔囔,说什么又听不清。柯子把保温饭盒打开,馄饨和热汤分开放的,怕馄饨泡久了会稀烂,就这一点范宝盛得佩服他心细。柯子把热汤和馄饨混一块儿,香味出来了,他把饭盒递到李婆姆鼻子底下说,李婆姆,香吧,来,我们吃馄饨,你最喜欢的马蹄碎肉馅的,我喂你。李婆姆脸上有了表情,生动起来,就着柯子伸过去的勺子吃了。李婆姆吃得有些急,汁水顺着她的嘴角流到衣服上,范宝盛扯了一张纸替她擦拭。李婆姆的脸以前是白皙的,现在生出许多黑斑,原本圆润的脸也瘦削了。范宝盛想起在中山路上卖酸嘞的李婆姆,记忆中她似乎从来没有年轻过,但眼前这副衰老的样子却让他心酸。

李婆姆是五年前住进来的，那时李婆姆身体还好，还在中山路上摆摊，总是跟人说我还没有挣够棺材本呢，我要做到我走不动为止。她没想到自己已经被两个烂仔盯上了。他们来买她的酸嘢，几块钱的东西付她一百元。李婆姆随身没有足够的零钱找，就进屋去拿钱，其中一个烂仔尾随着进去，把大门关上了。李婆姆还没来得及喊嘴巴就被捂住了，烂仔让李婆姆把钱交出来，李婆姆把屋里藏钱的地方指出来，烂仔搜出不到一千块钱，拿刀继续威胁李婆姆拿钱，拿存折。李婆姆被人拿去这一千块钱已经心如刀割，如果存折再交出来，被逼问密码取钱还不如杀了她。于是，李婆姆拼死与烂仔打起来，近七十岁的老人了，哪里斗得过二十岁的小伙子？烂仔用力一推，李婆姆直接摔倒，头撞向酸坛，人撞晕了。烂仔也不敢久留，把屋子粗粗翻一遍和同伙跑了。

很多人路过李婆姆的屋前，但没有人发现什么异样，他们哪里想得到此时的李婆姆躺在屋子里，被撞晕了呢。范宝盛和别人不一样，他经过的时候，看李婆姆家的门是关上的他马上就觉得奇怪了，因为这时间李婆姆是很少关门的。他想李婆姆也许是有事出门了,但看摊面上所有的东西都好好摆放着,桌上还有两只盛有酸嘢的碗,说明先前是有客人在这儿吃的,李婆姆出门不可能不收拾好这些东西啊?范宝盛就上前去敲李家的门,敲半天没人应,他跑到窗户边隔着玻璃往里看,他没有看到李婆姆,但他看到里面有许多东西被扔到地上,扔到本来不该待的地方。范宝盛撞开门,把晕倒在地的李婆姆送到医院急救,老人家被撞得颅内微出血,虽然不用动手术,但年纪大了恢复慢,也住了一个多月的院。李婆姆经历这事后受惊吓了,不敢一个人住,再加上时常出现眩晕,就把进养老院的计划提前了。

自从李婆姆住进养老院,范宝盛一般隔上一两个星期来看看老人,聊聊天。去年底老人患上了老年痴呆症,认不出人来了。

一阵急促的脚步声出现在门口,养老院的院长,范宝盛见过的,姓王,一个中年妇女。王院长一边走一边伸出手和范宝盛相握,你好,你好!这几天我一直在联系李婆姆的亲戚,一个都联系不上,你来了正好,跟你了解些情况,你认识李婆姆的什么亲戚吗?

范宝盛说,据我所知,李婆姆没有近亲,我们老邻居很多年,她一直一个人过,没看到有什么亲戚上过门。

王院长皱起眉头说,按我们院的规矩,下一年度的费用得提前三个月交,续费的时间早过了一个多星期了,李婆姆没有按时缴费。

范宝盛说,李婆姆之前应该和你们签有协议的吧。王院长说,以前是到交费日我们会从李婆姆提供的银行账号上自动扣款,现在扣不出来了,老人患上这个老年痴呆以后,费用本来要比之前提高一些,我们已经很照顾她了。

范宝盛说,这就奇怪了,李婆姆这么多年是攒下不少钱的,养老足够的,我还经常说她是地主婆呢。

王院长说,这么多年,就您经常来看李婆姆,我知道你们只是邻居,去年还有一个男的,按登记本上的名字叫孙诚,大概三十多岁,有一阵子经常来看李婆姆,还叫李婆姆姨婆,李婆姆患病以后他来过一两次就没再见过,这个人你认识不?

范宝盛说,听你这么一说,我有印象,我有一次来,那个人还在,我到他就走了,李婆姆说是她远亲家的孩子,说这孩子懂事,能吃苦,可做生意总是亏本,难道李婆姆把钱借给这人了?你们可以通过来访记录查到这人联系方式的。

王院长说,我查过了,这孙诚以前是留过电话号码,但那号码现在打过去说是空号了。

范宝盛说,李婆姆做事一贯小心,给人借钱她应该会有借条,现在我们几个人互相做证,看看李婆姆的私人物品里有没有什么线索。王院长说,行,那我们再来找找。

大家一起翻看李婆姆的物品,没有找出什么线索。护工在一旁插嘴,前几个月那个来看李婆姆的亲戚带了一个女的过来,说是帮李婆姆这儿打扫卫生,我看见他们把李婆姆的箱子衣服都翻遍了,如果有借条估计那时候已经拿走了。

王院长转身对护工说,你当时为什么没有报告,现在说这有什么用?

护工说,人家是亲戚,我哪里想得这么远?

王院长说,照目前来看,是这人借李婆姆的钱了,后来看老人神志不清就赖皮躲起来不现身了,唉,那怎么好,李婆姆要欠费了。

范宝盛说,你们继续再找找看有没有其他线索,不管找到找不到,李婆姆的费用我先出。

王院长眉头立马解开,大声地说,你可真是大好人啊,昨天还有记者到我们这儿来采访,我觉得应该把你这一笔写上,你对一个街坊邻居都可以这样照料……

　　范宝盛打断院长的话,摆摆手说,院长,这事就这样了,别的不多说了。王院长解决了问题,眉开眼笑地和范宝盛握手,千恩万谢。

　　从李婆姆那里回来,范宝盛交代柯子,你跟张娟说,从账上支些钱到养老院。柯子说,李婆姆真可怜,人都认不得了,钱也没有了。范宝盛心里十分同意柯子的说法,李婆姆没儿没女的,是可怜,他有两个儿子,尽管有一个不知身在何方,他仍然有两个儿子。

　　范宝盛回到店里是下午快五点的时间,这时间还不到饭点,却有一人在大堂里吃着,喝着。范宝盛随意瞟一眼发现是赵兵强,他说,咦,你去看医生了吗? 怎么跑来喝酒了?

　　赵兵强喝得都上脸了,说,看李婆姆回来了? 来,陪我吃点,喝点。

　　范宝盛坐到赵兵强身边说,医生怎么说的?

　　赵兵强说,胃炎,还能有什么毛病? 医生的话我最不喜欢听,吓吓人就能开一大堆药,我才不管他说什么呢,想吃什么吃什么,想喝就喝,好歹对得起自己,谁知道明天还有没有得喝呢?

　　范宝盛今天看李婆姆的境遇也有些感叹,接过赵兵强递过来的杯子喝了一口说,是啊,很多事情真是无法预料,你说,李婆姆辛苦一辈子就为自己挣个养老钱,现在这钱却突然没了,养老的钱都让人弄没了,什么缺德人干的事!

赵兵强瞟一眼范宝盛说,不会吧,还有这种事?

范宝盛说,这还能骗你啊?那养老院又不是福利院,没钱是不会让你白住的。

赵兵强说,你不会帮她出这份钱吧。范宝盛说,我不帮她还谁能帮她?赵兵强说,看来你是财大气粗啊。

范宝盛说,能帮就帮吧,谁没有老的一天。

赵兵强说,这么多年了,你对大家都很好,对我也不错,我这辈子过得窝囊,怪不得别人,都怪自己懒,这辈子就这么要过完了,想翻本也难了。

范宝盛笑着说,你才比我大几岁啊,老气横秋的,我早上跟你说扩大猪场的事如果你们没意见,就开始启动吧。

赵兵强说,这事以后再说,眼下我有件棘手的事,你先帮帮我。

范宝盛说,说吧。

赵兵强说,我来是想跟你借点钱的,也不算借,我拿这个东西来抵。赵兵强打开一个布包,露出一件锈迹斑斑的刀状物。他说,这件是古董,明代的。

范宝盛对这件东西根本没兴趣,他打心眼里不相信赵兵强手头上能拿得出什么古董,他随意扫一眼说,要多少?

赵兵强说,二十万。

范宝盛愣了,你拿这么多钱干吗?别背着玉珠嫂又想干什么坏事。

赵兵强说,能干什么坏事?都是为了赵联胜这小子,他现在在外地工作,顾不上我们,我们做父母的倒要帮他一把,他年纪不小了,想结婚,看上套房,最近有优惠,我们想帮他付个首付,按揭他自己来。我这辈子没正经有套房,我儿子可不能像我这样,我和玉珠这些年攒了点钱,不多,首付就还缺二十万。赵兵强又把那件怪东西推了一把说,我也不白要你的。

范宝盛说,二十万不是小数,等我凑齐了再把钱给你,钱我还是交给玉珠。

赵兵强说,你是怕我乱花钱是吧,钱你都可以直接给玉珠,我不接手,这两天我想回趟老家看看,十天半月的估计回不来,你看能不能再招两个人过去帮帮玉珠。

范宝盛说,没问题啊,即使一下招不到人,我也可以让张娟安排一两个店里的人过去帮忙的。赵兵强看事情谈妥，没喝酒的心情了，把酒杯一推说要回家，不管范宝盛怎么推让，他还是把那件所谓的古董留下来了。

范宝盛看留下来的东西，怪模怪样的，不用细看，就知道是假货，他苦笑了，觉得赵兵强这家伙今天有点反常，难道又惹上什么事了？突然间又有一种不祥的感觉，赵兵强像是在交代后事似的，这个念头一闪就没了。这几年赵兵强可是本本分分在猪场干，过去那些荒唐的行径没理由再捡起来啊。第二天他给玉珠打电话，看赵兵强说的是不是实话。范宝盛说，昨天赵哥来找我，押了一件古董在我这儿，说你们要二十万给联胜买房子？玉珠那头答得很快说，是，是的，真不好意思，联胜买房就差这二十万首付了，便宜房子，指标只给留一个月，我们也只有求你了。范宝盛说，好吧，我给你们凑一凑，给我点时间。

答应玉珠后，范宝盛开始发愁这二十万块到哪儿凑了。店里生意虽然还好，可一直走的是大众消费路线，薄利多销，钱挣得没有店面生意看上去那般火爆，最关键的是这账石水晶每个月都是要亲自核算一遍。范宝盛一直手松，基本上谁有困难找他借都能借到，石水晶也没有太为难他，让他有一定的支配额，可赵兵强黄玉珠要的可是二十万啊。

范宝盛找石水晶要钱，没直奔主题，先问儿子的学习情况。石水晶得意地说，刚有个小考，班上第一。范宝盛说，哦，太牛了，你教子有方啊，我得谢谢你了。范宝盛朝石水晶拱拱手。石水晶笑逐颜开地说，我一人扮演了慈父和严母的角色，累死了！范宝盛说，就是，也只有你才有这水平了。另外我们儿子这么长进也因为你心地善良有福报。石水晶突然眼睛红了，老天爷要是开眼，就让我的范虫儿平平安安地活在这世上，我见不着也认了。范宝盛说，这是一定的。

范宝盛接了儿子带上老婆去看周末电影，一个俗烂的喜剧，儿子和老婆都笑得前仰后合，范宝盛心里合计跟老婆要钱的事，笑得有些勉强。回到家儿子和老婆还余兴未尽，两人在客厅里学着电影台词，记忆力不错，听他们学，范宝盛倒是开心地笑出来了。晚上，在床上尽了丈夫的职责，石水晶很满意，夸奖范宝盛犹胜当年。范宝盛看行情好张口说，赵兵强他们要给赵联胜买房子，首付差二十万，想跟我们借一借。石水晶呼地坐起来了，二十万，当你银行呢？真开得了口！范宝盛安抚地搂着妻子肩膀，石水晶甩开说，说什么都没用。范宝盛又把手搭回到老婆肩膀上说,这些老街坊里,赵兵强他们跟我们是最有交情的,这钱能拿得出还是借吧。石水晶说,这些年你照看他们家够多的了,又不欠他们的。范宝盛跳下床把赵兵强的古董拿到床跟前让石水晶看看,说赵兵强拿了件古董来抵押。石水晶连头都没转过来说,我不用看也知道是假的,他有这样一个宝贝早些年还不卖了去赌。范宝盛心里暗夸老婆聪明,嘴上说,我已经拿去让人鉴定过了,是真的,不过不值二十万,值十五六万的样子,我想他们帮我们经营养猪场,也不差人家这几万,是吧。石水晶半信半疑地瞪着范宝盛说,你说的是真话?范宝盛说,我骗你是狗。石水晶叹了一口气说,你给我几天,我把那些基金卖了,再把钱给你,这段时间你花钱比挣钱的速度要快,儿子的学费不低呢。范宝盛说,行了,这我知道。

四

马甘白郑重其事地邀请范宝盛到他店里吃晚饭，还下了一张帖子，让柯子给范宝盛送去的。要说中山路上真正能跟范宝盛并肩做生意到今天的也就马甘白一人了。马甘白的清真拉面馆，十几年大小格局不变，原先只卖面条，后来与时俱进增加了小炒和汤饭，马甘白和他老婆两人经营着，前两年女儿草红大专毕业找不到合适工作留在店里帮忙。拉面馆的生意说不上好，但总有一些固定的客人帮衬生意，像那些喜欢吃面的北方客，只有在他家店里才能吃出家乡的感觉来，他家的生意就不温不火地做下来了。

范宝盛拿到请帖心里暗笑马甘白，他俩要吃饭往哪儿坐不是吃，又不是请闺女喜宴费这工夫。到了马家拉面店，范宝盛发现马甘白真是小题大做了，这面店里没有一个客人，空空荡荡，店里一张桌子上还夸张地摆放了一大桌子菜。范宝盛笑着说,请我吃个饭你还清场啊,我的排场真不小! 马甘白说,坐,坐,老哥就让你享受一次排场,以后你跟别人吃的机会多,跟老哥吃的机会就少了。这肯定不是玩笑话,范宝盛紧张了,出什么事了? 马甘白说,来,你坐好,我们吃上两口慢慢说。范宝盛吃两口菜,放不下刚才马甘白说的话,又问,到底出什么事了? 马甘白说,你这家伙,我还以为你这些年修得四平八稳了呢,还这么性急。范宝盛不能不急,当年他和马甘白干过一仗,可后来两人好得很,当周围老邻居越来越少的时候,他们关系更铁了,说兄弟同盟都不过分。现今范记馄饨生意好,客人经常把车子停满清真面店门口,马甘白不会有一点不乐意,有时间还帮忙指挥停车,实在闲得慌还上门来帮忙招呼客人。来范家店里凡是点面的,范家服务员会直接跑马家买去,范家是一根面的生意也不做的。两人好了以后,经常翻以前打架的事情说笑,范宝盛说,老马,要说干那架是你不对,空调漏水能不能换个地方装? 每天漏得我店门口像谁随地小便似的。马甘白说,是啊,你够意思,一声不吭,把我遮阳棚给捅那些个洞,天一下雨,我那店里不只是小便了,都小便失禁了。两人哈哈大笑。笑过后,范宝盛请人将马甘白的遮阳棚连夜换了新的。马甘白空调换个地方装了。

马甘白说,我这店面已经转让了,本来早想跟你说的,想来想去还是等定了再说吧。

范宝盛一听站起来了,干吗转让,你生意又不是做不下去了!

马甘白说,坐下,坐下,不是生意不好,是我年纪大了,我想回老家,落叶归根。

范宝盛重重地坐下说,你都在这里住了十几年了,还不算你家啊,不要走,留下。

马甘白说,我们那儿的人无论在外面混得好还是坏,老了总是要回去的,我虽然还算不得老,但草红到嫁人的年纪了,她在南方不太容易找到适合的对象,回老家选择多些,我们有些积蓄,还想招个上门女婿呢。

马甘白说的是大实话,草红成天在店里忙,不见交什么朋友。范宝盛还想挽留,说,就一定得走?

马甘白说,这店盘出去了,新东家马上要来装修,这几天我们一家就收拾东西准备启程了。

范宝盛眼泪溢出眼眶,他抹了一把眼睛说,十几年的邻居了,舍不得啊。

马甘白也抹抹眼睛,挤出笑说,是啊,真舍不得。

范宝盛突然往马甘白的肩膀砸了一拳,把马甘白砸得哇哇叫起来,范宝盛说,不许还手,你看,我这门牙早早掉了,都是你当年那一拳打松的,现在是假牙来的,老子还你一拳,你走就走,老子才不管你呢,回老家招个上门女婿享福吧!

马甘白搂过范宝盛的脖子,把一杯酒灌他嘴里说,妈的,给你假牙消消毒,过几年到西北走一趟,看看我。两人又打又笑,吃着,聊过去的事,一会儿笑,一会儿淌眼泪水,他们都控制不了自己的情绪。宴散,马甘白把范宝盛送到门口说,好好保重。范宝盛头也不回地走了。

那几天范宝盛就不愿到店里来了,怕看到马甘白的面店改张易帜。马甘白走那天,范宝盛也没去送,让柯子替他。马甘白上车后发了一条短信息过来,内容是个地址,约他没事的时候去旅游旅游,说是离莫高窟不远。

范宝盛再到店里的时候,马家店面的招牌已经换了,原先的清真拉面馆变成甜品店。他抬头看自家的招牌,范记馄饨,谁了解他保住这块牌子的决心?这块招牌看了多少门庭热闹,见识了多少门庭更易?

石水晶虽然答应了范宝盛,但在凑钱的行动上却不爽快了,本来说要卖掉基金,临时反悔说亏太多,卖了更亏。范宝盛只能加紧做工作,突破口是石水晶的鼻子。石水晶和广大妇女一样,有个通病,对自己的长相不自信,最不自信的部位是鼻梁,鼻梁塌。石水晶又和那些有了两个闲钱的妇女同志一样,总想在自己脸上动刀,她迫切想垫个鼻梁。每提起这话头,范宝盛就说,你只要敢垫我就敢砸。石水晶判断不了范宝盛话里的真假,但对男人始终是有些敬畏的,没敢去弄。女人嘛,对自己哪个地方不满意,如果有条件不让她去折腾一下,那心总是不会死的,石水晶对自己的鼻子日复一日地叹息。范宝盛为了给赵兵强弄这钱出来,只好主动提起整鼻梁一事了,他说,水晶,你把基金卖了顺便就整个鼻梁吧。石水晶好长时间才回过神来,咦,你同意我去做整容了?范宝盛说,以前我不同意是担心你,怕你痛,现在想你既然有这个愿望就让你去实现,整得好看了我做老公的也高兴啊。石水晶果然开心得不得了,那好,我赶紧预约。打了电话预约,过了几分钟又折回来说,如果我整容失败,整容不成反而毁容了你不能找小三啊。范宝盛哑然失笑,你知道有风险还这么想去整?石水晶说,为了美担一点风险还是值得的。范宝盛马上给石水晶手写一张保证书：不管石水晶以何种面目出现在我面前，美也好丑也好，我都和以往一样爱她对她好，如果违背誓言天打五雷轰，以此为据。石水晶把保证书收好，笑眯眯地说，老公，我现在就去把基金卖了。

范宝盛拿到存折的时候，石水晶鼻子的手术已经做好，鼻子上贴着纱布，两只眼睛布满血丝，脸有些肿。范宝盛说，你整鼻子眼睛怎么变红了？石水晶说，这眼睛鼻子不是相通的嘛，笨蛋！范宝盛心痛了，心想，我为了这二十万把老婆的鼻子都豁出去了。

他拿着存折去养猪场，找到玉珠，带着玉珠到银行去把钱转给赵联胜。玉珠坐在车后座千恩万谢，宝盛，这么多年，我们太亏欠你了，这钱我一定让赵联胜还你。范宝盛说，钱交到你手上我就放心了，房价总在涨，早买早安心。玉珠说，是，要不是为这个也不能管你拿这么多钱。范宝盛说，赵哥真的是回老家了？玉珠说，他说好多年不回去了，回去看看。

两人转好钱范宝盛又把玉珠送回养猪场，他没有逗留，眼下回家照看鼻子肿痛的老婆是大事。上车后范宝盛在后视镜里看到玉珠追上来，他摇下车窗问玉珠，有什么事？玉珠欲言又止，还莫名其妙的一脸尴尬，范宝盛说,怎么了?玉珠眼睛红了,含着眼泪说,宝盛,你是个好人,没有你,我们这个家早就没有了。范宝盛笑着说,你们别再谢我了,马甘白前两天走了,我们又少了一个老朋友,大家珍惜缘分吧。玉珠使劲地点头。

玉珠目送着范宝盛的车子消失在路口,转回屋里掏出手机打了一个电话。电话那头接通的是赵兵强。玉珠说,二十万已经给孩子汇过去了。

赵兵强说,这范宝盛还真是有钱啊,说要二十万就真给二十万了。玉珠说,从你嘴里真听不出好话来,你当人家范宝盛蠢啊,看不出你那件东西是假的?人家是好心,为了帮我们,这钱要不是为了孩子,我不会和你合伙骗人家,你答应让范家父子团聚的,你说到要做到,不然,我拼死也不放过你。赵兵强说,啰里啰唆的,你男人不是好人,也还是个人。玉珠说,你找到那孩子了吗?赵兵强说,你放心吧,孩子好好地活着,我已经见到他了。玉珠说,那好,你赶紧的,把孩子还回来。赵兵强说,你以为那还是一个小孩子啊,十七八岁的人了,我不能绑着他回去。玉珠说,那怎么办?赵兵强说,再等等吧,如果我还活着,孩子回去我该怎么办,等我死了,就让孩子回去。玉珠忍不住骂出声来,你早就该死了,赵兵强,你多活一天都是造孽。赵兵强说,不用咒了,快了,你男人没几天活头了。

赵兵强把手机掐了,跟玉珠说完一番话,他感到很累,他走到桌边去拿一只杯子倒了半杯水,喝两口,哇地吐了出来,他顾不上邋遢,倒到床上,好一阵子,沉重的呼吸才平稳下来。是啊,他是没几天活头了,医生说了,他的胃癌都转移到肺部了,没多少时间了。这些年他动过几次把孩子给范宝盛找回去的念头,每次一有那念头他会骂自己架不住范宝盛的小恩小惠,他赵兵强既然做下事就得撑到底,何况孩子回去了他还能活吗?即便得了这绝症,他也想算了,眼睛一闭石沉大海,他做过的无论好坏都随他去了,谁也不能把他怎样。但他还是扛不住了,他扛不住范宝盛对他的好,对所有人的好,他只有在死之前给范宝盛把儿子找到,他才敢安心地等死。他想,范宝盛,你终归是赢了,你一辈子都赢我了。

别人不知道范宝盛为什么待在一个地方不挪窝,死不换地方开店,他知道,范宝盛是要等儿子回来。十二年前就是在这个小城,他把范虫儿卖了。回到这里,十二年前那一幕每天都在他的脑子里像蚊子一样飞舞。

范虫儿捧着一只装满杧果的塑料碗小心翼翼走

在后街上。一个骑着自行车的人临近波仔宠物店后门，不得不下车，推着车绕过那些箱笼。那人戴着一顶帽子，低着头，手上挎了一只布袋，他从一个狗笼后冒出来把范虫儿吓了一跳。范虫儿看清楚是熟悉的赵伯后，他叫了一声赵伯。赵兵强没想到被范虫儿看到了，并且认出来了。他刚溜回家，偷了一些钱带了两件衣服。他没办法不回来，他身无分文已经饿了两天了。这时间后街上人走动最少，大家都在家里吃饭，或是照看前门的生意。他下午一直在附近转悠，因为有些精明的债主是专门在家门口守着的，他转了一两个小时确定没有人关注后才骑着从外边撬开的一辆自行车蹿入后街。

范宝盛的宝贝儿子这时间怎么一个人在外头，他家人也不怕被人拐卖了？赵兵强没有心情逗弄小孩子，他甚至懒得回应范虫儿的叫唤，他急着怎么赶紧离开这里。他的车子绕过宠物店后门，他骑上车子走了几米，突然地，一个念头产生了，我何不带着这孩子走，他那爹可真够讨厌的，不是他我也不至于沦落到今天这步田地。赵兵强被自己的想法弄得热血冲头，他稳定了一下思绪，重新观察后街的情况，这个时间真好，没有人。赵兵强把自行车踩回到范虫儿身边，停下来说，我载你回家好不好？范虫儿说好，谢谢赵伯。赵兵强把范虫儿捞上车子，坐在前边的车杠上。他说，你一手扶车头，一手端碗，我们要来飞车了。车子飞快地穿过后街，赵兵强已经下定决心，如果这段路上被人看到他就把范虫儿放下来，如果没有他就一直把车踩出去。

车子飞快地踩出后街，一路上没有一个人。赵兵强心里想，范宝盛这就怪不得我了，老天爷也没有帮你。范虫儿说，赵伯，我家已经过了。赵兵强说，赵伯带你去一个地方玩，然后再送你回来。范虫儿说，我妈说要我赶快回家的。赵兵强说，没事，我等下给他们打电话。赵兵强绕到马路上，他的自行车越踩越快，越踩越快，有一阵子范虫儿哭起来了，吵着要回家，手上的杠果碗掉在地上。赵兵强说，胆小鬼，我要告诉你爸爸你是个胆小鬼。范虫儿哭得更厉害了。当晚赵兵强买了几颗安眠药让范虫儿吃下，直接坐火车将范虫儿带离故乡。

他们的火车没有坐到终点，因为范虫儿中途病了，烧得头滚烫，赵兵强不想引起人的注意，更不敢在火车上找医生。孩子一直昏睡着，烧得让他害怕了，他觉得这个孩子像是快要死了，夜里，他被迫在一个陌生的小城下了火车。他身上没有太多剩余的钱，他不敢上正规的大医院去，也担心别人问出点什么不妥来。他背着孩子在街上游走时，看到一个小中药铺，叫唐门草药，门虽然关了，但还有灯光透出来。他拍打店门，有人把门开了，他说孩子病了，请您帮看看。那人说，什么病？他说，发烧。那人说，进来吧。

唐松柏是这家草药店的主人，六十多岁了，和老伴守着这家铺子过日子。他们本来有个孩子，年纪轻轻死了，两老凡见着孩子就特别心疼。唐松柏把赵兵强引进店铺里。他给孩子把脉，测出不是大病，就开了药，老伴很热心地去熬药。孩子喝药后，烧暂时是退了下来。唐松柏让赵兵强把孩子留下，说他们帮忙照顾着，如果病情有变，他们负责送到大医院去。赵兵强在唐家的药铺混了一天，聊天中知道老夫妻无儿无女的，他产生了一个想法，他想在范虫儿还未清醒过来之前把这事谈妥。他跟唐松柏说自己穷，带着孩子受罪，一直想把孩子送给人养活。唐松柏说，自己的孩子你怎么舍得送人？赵兵强说，但凡有活路，谁愿意这样做。唐松柏说，你如果真想把孩子送人，我可以帮你这个忙，你有什么要求吗？赵兵强说，自己的孩子，我只希望那收养的人家对他好，我不是卖儿子，我只是养不起他，如果对方能给我两万块钱救急就好了。唐松柏忽然又有了怀疑，你不会是人贩子吧？赵兵强说，我像吗？如果我是我早就把孩子卖了，来看医生干什么？唐松柏也愿意相信眼前这人真的是一个穷困潦倒的父亲，因为他和老伴实在太想要一个孩子。唐松柏说，你得给我们写下条子，如果以后你还要上门来敲诈，我一定扭你上派出所，告你是人贩子。赵兵强心想他拿这两万块钱够了，他起心本来就不专为钱，只是恨那范宝盛，想让他断子绝孙。他拿笔写了收条，签名的时候转了脑筋，孩子醒来一定会说自己姓范，他得签姓范的，但又不能写真名，要不然这报了公安，一下就能把人找出来，于是他胡乱写了范夫子，他最想写的是范无子。为了增加可信度，他还摁了个指印在上面。唐松柏看那张收条说，想不到你还有这样一个名字，挺文气的。赵兵强说，惭愧。赵兵强跟唐松柏夫妇俩说他必须在孩子清醒过来前走，不然孩子会闹的。唐松柏心里也巴不得让他赶快走。所以，赵兵强顺利地在第二天早上，拿着两万块钱，离开了这个小城。

赵兵强躺到下午五点多的时候，他挣扎着从床上起来，他站在卫生间的镜子跟前看自己的脸。这段时间没有剃过胡子，下巴上，腮帮子上，胡子长出来显得人老态龙钟，加上因病折磨，他已经瘦了十来斤了，他想，我自己都快认不出自己了，隔了十来年范虫儿应该也认不出来了。他走出自己住的小旅馆。旅馆的马路对面有一家中药铺，挂的招牌是唐门草药。他到报摊买了一份报纸，找了一块砖头，坐到上边看报纸。

一个头发花白的老太婆坐在唐门草药店门口，用簸箕筛选药草，扬一扬簸箕，灰尘四下飞舞。老人看上去至少有七十岁了，可手脚麻利，筛干净的药草重新装袋，捆绑好。隔着老远，赵兵强似乎都能闻到那药草的香味。一个老头子正在店里替人抓药，不时有人拎着药包从里面走出来。赵兵强看了一眼手表，耐心地坐着。一个十七八岁高中生模样的孩子背着双肩书包从街道的东头走过来，远远地朝老太婆喊，奶，我回来了。老太婆站起来拍拍身上的尘土说，饭做好了，赶紧洗手吃饭。孩子说，好的，奶，你休息吧。孩子进店里去了，把小饭桌支起来，摆上碗筷，叫爷奶吃饭。

赵兵强耐心地等他们吃完饭，耐心地等孩子出门。他观察好几天了，孩子吃完午饭不久会出门上学，根本不睡午觉。果然，过了半个小时，孩子出门了，对着屋子里的人喊，爷，奶，我去学校了。里面的人答，路上小心看车。

孩子在前面走，赵兵强在后边跟着。走了很长一段，经过一个垃圾中转站，这一段路很少有人经过。赵兵强叫住孩子，小伙子，你好。

孩子停下来问，有什么事？

赵兵强说，你长得很像我的一个朋友，天底下还有长得这么像的人，我太好奇了，所以冒昧叫住你，你别见怪啊！对了，我那朋友姓范，你姓什么呢？

孩子一下子答不上话来，他被这个陌生人的话镇住了，这触及了他心底里多年来隐藏的心事。他故意装出一副很轻松、很不在意的表情，但因为他太年轻，装得不太像，他说，不会吧，还有这种事情？我可不姓范，我姓唐。

赵兵强笑着说，如果你姓范，我立马让我朋友来把你带走，你和他绝对是父子。

孩子说，你的朋友叫什么名字？

赵兵强说，他叫范宝盛，他老婆叫石水晶。

赵兵强一边说一边观察年轻人的表情，他看到对方的眼睛眯起来，孩子是聪明的，把头别过一边漫不经心地说，你朋友是哪里人呢？

赵兵强说，南安市，你听说过吗？

孩子说，听说过，不过没去过。

赵兵强说，有空去玩玩呗，我那朋友开有一家馄饨店，店名就叫范记馄饨，那馄饨保准你吃了一碗想三碗，为这馄饨你去一趟都值得。他掏出一支笔，对年轻人说，把手给我，我把地址给你写上。

孩子把手伸到他跟前，赵兵强把地址写到孩子的手上。孩子的手不由自主地抖动起来。赵兵强捏着他的手说，我这朋友也够可怜的，有一个失散的孩子，他担心这孩子回去找不着他，守在同一个地方开饭店，十几年愣是没换地方，可怜天下父母心啊！赵兵强不忍心再看孩子的表情，他咳嗽两声说，行了，我这人爱多管闲事，今天话说得太多了，我有事先走了……

孩子看着赵兵强远去的背影，感觉似曾相识……他五岁之前的记忆在今天已经模糊了，记忆中唯一清晰的是他自己的名字，他叫范虫儿，他的父母开着一家范记馄饨店。十二年前那场高烧烧了好些天，范虫儿清醒时，看到两个老人亲切地照顾他，他不认识他们。他哭着要爸爸妈妈，唐松柏说，你爸爸妈妈这段时间忙，把你送过来让爷爷奶奶照顾，过一段时间再把你接回去。范虫儿说，你们是我的爷爷奶奶？唐松柏夫妇点点头。范虫儿摇摇头，我爷爷奶奶不是这个样子的,我每年过年都能见到他们。唐家夫妇说,你以前见的不是你的亲爷爷亲奶奶,我们才是。范虫儿五岁的智商不够用了,他说,他们不是亲的?唐松柏说,是啊,你也不姓范,你姓唐。范虫儿说,我叫范虫儿。唐松柏说,你叫唐清心,记住你姓唐,名字叫唐清心。唐家夫妇在孩子没清醒的时候已经商量好一切,包括给孩子一个姓名。范虫儿说,我叫范虫儿。唐松柏说,你如果叫范虫儿就没有饭吃,也没有人理你了。说完夫妇俩走了,把范虫儿一个人留在屋子里。

范虫儿果然没有饭吃了,也没有人看管他,他在屋里哭了半天也没人理他。在家里他从早到晚能一直吃个不停呢,不然爸爸也不会叫他"饭虫",他太想吃东西了,他推开房门出来,唐松柏夫妇坐在屋外,他们把范虫儿当空气,他们开开心心地嗑瓜子、晒太阳。范虫儿站在他们身后细声细气地说,爷爷奶奶,我饿了。爷爷说,你叫什么名字?范虫儿说,我叫范虫儿。爷爷说,你叫唐清心,重复一遍。奶奶说,宝贝,说对名字就有好吃的了。范虫儿很不确定地说,我叫唐清心。爷爷奶奶开心地笑了起来。爷爷说,老婆子,快把我孙子的饭端上来。奶奶到厨房里端来一碗热气腾腾的面条,另外还炒了两只蛋,一碟萝卜干。奶奶说,等你的病完全好了,奶奶会天天给你烧肉吃。范虫儿说,谢谢奶奶。奶奶说,不用谢,你再说一遍,你叫什么名字。范虫儿说,我叫唐清心。爷爷奶奶相视一笑,大声地说,乖,乖,吃,赶紧吃。

从那时起他记得他就叫唐清心了。偶尔他会想起他曾经的名字,想起他的父母,但两位老人对他很好,和爸爸妈妈一样,甚至比爸爸妈妈对他还好。他们一个陪他玩,一个陪他写字;一个带他上山采草药,一个带他上街买各种吃的;一个陪他睡觉,一个给他讲故事。他爱他们,他一点也不怀疑他们是他的爷爷奶奶。等上了高中,他开始了解世情,知道这世上有一种行径叫拐卖,他隐约认为很多年前他是被拐卖了。他很想去问爷爷奶奶,他是被什么人拐卖过来的,他的家乡在哪里。他不能确定他们会不会告诉他,但有一点是确定的,他们一定会伤心透了。他有自己的计划,他计划等他再长大一点,等他考上大学,等他离开这个小城,他就会去寻找自己的父母,这是他心底的秘密。

可是今天,一个似乎熟悉的人带来这么一个信息,这个信息印证了他埋藏在心底多年的疑惑,他能确定了,在另外一个地方,住着他的亲生父母。那个地址写在他的手背上,像火焰在他的手上一样。

他的父母一直在等着他。

他想他的计划得提前了。

中山路拆迁的通知下来了。这是在众人意料之中的,这条街道确实太老了。这些年来一直有拆迁的风声,刮了一次又一次,最终都不了了之。但这一次是真的了,已经有相关部门的人来各家店面收集资料,说明情况,估算赔偿。范宝盛不关心赔偿的情况,他关心的是街道拓宽店面重建以后他能不能够重新拥有这里的店面。相关部门回答说,重建以后回租的事不能保证,因为承建商来自香港,他们可能要包下店面,到时有统一的规划,不会再像现在一样乱糟糟的。还劝他,像你这么有名的店,开哪里不一样。范宝盛说,不一样,肯定不一样。

范宝盛因为这不确定的答复就变成钉子户了。政府给各家各户半年的时间,范记馄饨周围的店面一个个搬走,唯剩下他的店面还开着。石水晶找了一处地方,装修妥当要把店面搬过去。范宝盛打不起精神,拖得一天是一天。他说,等钩机开过来拆墙的那一天我再搬。石水晶说,好些年不见你这样较劲了,也好,我陪着你。

钉子户作为一颗钉子最终都是要被拔掉的。

几辆货车停在店面门口,范记馄饨店里的桌子椅子空调一样样装上车子,装满一辆开走一辆。范记馄饨的招牌还好好地挂着。

柯子说,叔,我把招牌拆了吧。

范宝盛说,不急,等东西都运走了再拆吧。

范宝盛仰头看着那块招牌,回想虫儿当年学写字的样子。范虫儿看一眼招牌写一笔,草字头,三点水,横折勾,竖弯勾……范宝盛的眼睛被一层水雾给蒙住了。

有个声音在他背后响起,请问,这里是范记馄饨吗?

范宝盛没有回头,他说,是。

声音说,对,是范记馄饨,我看到招牌了,这招牌的字一点也没变啊。

范宝盛回过头,他吃惊地看到了年轻时候的自己。

找
爸
爸

一

　　湖北省恩施市巴东县高陵镇斑竹村，一共十五个字，农迎春把它们记到脑子里，写在笔记本里，写小纸条藏钱包里，她还是不放心，这阵子吃药太多，脑子经常突然就空白了，而笔记本有可能被水打湿了，钱包有可能被偷了，没有一样是百分百稳妥的。所以，她让金信和将地址背下来，她时不时抽查一下。有时，金信和不是很配合，他觉得母亲老这么抽查显然是看低了他的智商，有时便不回答。他一不回答农迎春就紧张了，怎么，你忘了？金信和说，妈，我都上小学了，会记不住这几个字？农迎春说，记住了就背出来，做人要谦虚。母亲那双深陷如黑洞一般的眼睛看得金信和心里发慌，他只得谦虚地把那十五个字又背了一遍。

　　为了这十五个字，农迎春花了将近两个星期时间，如果她的生命真像医生说的只有三到六个月，那么这两个星期太浪费了。在与金有礼生活的一年多时间里,她从来不关心他的出处,只是听他说,他是湖北人。她和金有礼七年没见过面了,已经算得上是陌生人。为了把这样一个陌生人找出来,她用医院提供的病危证明、小孩的出生证明在民政局备案,等了两个星期,民政局将查到的金有礼的户籍等资料提供给她。

农迎春与金有礼在一起的时间一共是十七个月,中间过了一个春节。他们不像其他打工一族,春节候鸟般飞回家去过大年,他们选择在打工的城市过。农迎春不愿意回家,是因为她觉得自己没有家。母亲在她三岁的时候,为生男孩拼命吃江湖医生的药,不巧碰上个宫外孕,大出血往生了。两三年后父亲带回另外一个女人,那女人是离过婚的,据说是生不出孩子。女人叫陈锦,样子不美,身体壮硕,人也不爱言语,不会打扮。农迎春是瞧不上这个她称作锦姨的女人,但也挑不出错处。陈锦屋里屋外收拾得干干净净,养鸡养猪一把好手,没让她少吃一顿,更没给过她半点脸色。可她对陈锦始终是有敌意的,她讨厌父亲对这女人和她做出一副不偏不倚的样子。每次父亲从外边做买卖回来,买什么东西都是双份,她如果得一条裙子,锦姨也有一条,她如果得一双鞋子,锦姨也有一双。有一次她过生日,父亲给她买了一只洋气的提包,她美滋滋立马挎着逛街去了,没过两天,她发现锦姨也挎了一只新提包喜气洋洋地和她爸看电影去了,不用说,提包是父亲送的。凭什么呢?她的生日,她拿的生日礼物,这陈锦凭什么也拿到了?那次她对父亲彻底失望了,自己的亲生闺女难道就和个外人没差别?那样一个不出众的女人当个宝似的,鄙视!终于等到高中毕业,没考上大学,农迎春便要求出去打工,父亲不同意,说女孩子好好读书,少吃亏。她只得再复读一年,还是没考上。她再次提出打工去,父亲还是不同意,她又哭又闹要了几天泼,父亲一点不为所动,说,闹也没用,安心给我读书,考学,这年纪想出去混世界,除非我死了。父亲似乎给自己下了咒,没多久在外出采购的过程中出车祸,横死他乡。农迎春自由了。在父亲下葬后不久她随镇上的其他姑娘到南宁找事情做,陈锦拦她拦不住,给她配了手机又拿了几千块钱,挥泪送别了。走出家门的那一天农迎春想她是不会回这个家的,这个家在父亲去世之后就和她没半点关系了。

金有礼不愿意回家,农迎春猜是他家那地方太偏僻、太穷困了。她从他的谈话中得知,他们村的年轻人几乎都出外打工了。她还从他的一些生活习惯上知道他们那地方一定缺水。金有礼用水十分节约,洗脸最多是把毛巾润湿了,还不爱洗澡。农迎春在河边长大,用水随意惯了,洗个衣服水会一直哗哗开着,金有礼每次都心痛地把水关上说,这么多水够一家人一个星期用的了。农迎春一开始以为他是心痛水费,后来发现不是。有一次电视新闻上说乡干部搞腐败工程,在村里做的水柜只做一半,靠着公路,应付领导检查,领导坐车检查,从车上往外看,看到的是一个完整的水柜。金有礼看了气急败坏,狠狠大骂贪官,之后又很得意地说他们家建的水柜是全村最好的,靠着山边,经常有山泉水流下来。当时农迎春第一反应是问,不会吧,金有礼,你们家没有自来水吗?金有礼愣了好几秒钟说,快有了。农迎春想这年月一个连自来水都没有的地方,该穷成啥样了,她居住的小镇相对金有礼来说该是大城市了。她又追问了一句,通电吗?金有礼的自尊受伤了,梗着粗红的脖子回答,怎么不通电,你当我住在山洞里吗?农迎春看金有礼急了,不再问,本来金有礼出身好歹她就不放在心上,以后她也没问过他家乡的事,金有礼自己更是不提了。

农迎春选择的这辆火车是慢车,将近二十个小时到站。她选择这趟车是因为它在早上九点多的时间到达她要到达的城市，而且不用转车。她事先把整个路线细细打听清楚了，火车到站后到客车站搭车，有客车会经过金有礼他家的村子。即便临时冒出什么事，大白天的解决起来也方便。农迎春没带什么行李，箱子里除了几件换洗衣服，剩下的都是给金有礼父母买的礼物。八年前，她怀孕后，金有礼说要娶她，打电话回家报喜，那俩老人家可是给过她两万块钱聘礼的，他们怎么都应该记得有这么个人的存在吧。

在客车站搭车很顺利，有不少车子经过金有礼家的斑竹村。司机把他们母子放在公路边上，马上有几辆电动三轮过来问他们要上哪儿。农迎春说明地址，拉客的司机说，二十块。农迎春说，多长时间能到？对方说，半个小时。农迎春本来以为金有礼的家离公路可能要走上一两个小时车程，甚至还可能不通车要靠两条腿走，想不到就半个小时的车程，金信和可以少受点苦了。她心情一好就没讲价。

路是机耕路，路面铺着沙石，窄，转弯特别多，看来也只适合这样的三轮车在上面驰骋。迎面的，碰到有小卡车，双方还会车了，农迎春挺吃惊，这路看上去不宽敞竟然还能会车。沿途的风光不错，眼下是夏天，沿路是土石错落的小山丘,那上面生长的树木看上去年代久远,姿态苍劲。绿树丛中不时冒出红的、白的、黄的山花,迎面扑来的风里还带着花香。而稍微平整的地方都种着同一种树,感觉是人工种植的,错落有致。金信和指着那些树问农迎春是什么树。农迎春说妈妈也不知道,这得问司机叔叔。司机眼睛不用看就明白他们说的是什么,回答说,这是猕猴桃,我们这里的特产,以前是山上野生的,现在改良了,这一带农村全靠这个来钱。农迎春说,猕猴桃我家乡也有。司机说,你家乡的肯定不如我们这里的好,我们这里种多少都不够卖,只可惜平地太少了,产量不高。农迎春问司机,斑竹村现在有自来水吗?那人说,通了两年了。她又问,这路也是刚修通的吧?那人说,先修了路才通水的。农迎春说,过去不通水不通车,这一带的农村都很穷吧?那人说,那还用说?我们这里大部分是石山,没有平地,还缺水,你说能靠什么挣钱?不过,现在比以前好多了。

　　远远看到一处村落,司机问他们想在哪儿下车,农迎春让他停在村口。她想一路慢慢走,一路看过去,看看金有礼小时候生长的地方。湖北省恩施市巴东县高陵镇斑竹村,这里是金有礼的根了,无论他在不在村里待着,找着他的根,她就不怕了。金信和在前面一晃一晃地跑动,在农迎春眼里,幻化成了童年时代的金有礼。这条黄土路上金有礼不知来来回回走了多少回呢?

眼下是下午两点多,太阳白炽炽挂在天上,几乎没有什么人走动,连鸡狗都懒得叫唤,村里显得很安静。不远处有一排很规整的房子,还挂有招牌,凭她的经验,这样格局的房子,一般都是公家办公的地方。农迎春拉着金信和的手朝那排房子走去。所有房门紧闭,上面挂的招牌是斑竹村委会。农迎春找了一处阴凉地,让金信和坐下。她自己在周围走动看能不能遇上个人。大概过了十来分钟,有一个男人骑着自行车过来,看她手边拖着个拉杆箱,问她找谁,农迎春说,我找村长。那人说,你有什么事? 说着话,下车支好车后,男人从兜里掏出钥匙打开办公室的门。有些话是不能让金信和听的,农迎春把拉杆箱放平让金信和坐上面等着,她一人进了办公室。她叫这人村长。这人说,叫主任就好。农迎春说,您姓金吧? 她记得和金有礼谈恋爱时,她说姓金的好像韩国很多,中国很少。金有礼告诉她说,他的家乡几乎户户姓金。果然这人说,是啊,姓金。农迎春掏出事先准备好的一沓材料放到金主任跟前说,我叫农迎春,门外那孩子叫金信和,是我和你们村的金有礼生的,今年有七岁多了,医院检查出我患了胃癌晚期,还有三到六个月的时间,如果我不在了,这孩子就成孤儿了。孩子八个月的时候,我和金有礼分开了,再也没有联系,我来的目的是想替孩子找到他爸爸。金主任看她一眼,没说话,认真反复阅读那沓材料,确认材料真实性后问农迎春,把你身份证给我看看。农迎春从包里找出身份证递过去。金主任看完还给她说,你刚才说你和金有礼多长时间没见面了?农迎春说,差不多七年了。金主任说,你们在一起多长时间?你给的这些材料里没有你们的结婚证明。农迎春说,我和金有礼待在一块儿十七个月,我怀孕以后,本来我们要领证的,可懒得回户籍所在地办,就没办。金主任说,你们怎么分开的。农迎春说,这么多年我也一直在想这个问题呢。我一觉醒来他就不见了,不要我和孩子了。金主任说,七年间你们一点联系都没有,一个电话也没有,你一直没有找过他?农迎春说,一个男人既然跑了,不要你了,干吗还去找他呢?如果不是为了孩子,我今天也不会到这里来。主任你放心,我不是来找金有礼麻烦的,我只是想孩子有个依靠。金主任皱起眉头说,这事情有点难办了,金有礼的父亲五年前就去世了，他的母亲三年前也去世了，金有礼很少回家，我记得他最后一次回村里就是回来参加他母亲的下葬，完事又走了。金有礼还有一个弟弟，叫金有仪，也在外边打工，他弟弟去年倒是还回来过，我帮你打听打听。

　　农迎春听完金主任这番话当场怔住，脚底下踩的地像被撕开了，让她嗖嗖往下掉。她来之前想了种种可能，就算见不到金有礼都没关系，因为他的根在这里，她万万没有想到金有礼的父母全不在人世了，她情不自禁捂着嘴呜呜哭起来。金主任说，小农，你别急，我们会尽力帮你找到金有礼的。农迎春的伤心自然有扑空的失落，但也为孩子的两位亲人——爷爷奶奶而哭。当年她怀上金信和后，金有礼提议让她回老家养胎，让他父母帮忙照顾，她一口回绝了，说她不想到农村去。当时他们还没有领证，金有礼给家里写信，说找到老婆了，老婆还怀上孩子了，家里很快寄了两万块钱过来，当作是娶媳妇的聘礼，金有礼全交到她手上，当年她不是很在意，现在想想，俩老人两万块得攒多少年啊？

　　农迎春说，金主任，我可以在你们村里住几天吗？金主任说，没问题啊，算起来，我还是你孩子的叔公呢，你就安心在村里住几天,我帮你好好打听。金主任掏出手机,不知道给什么人打了电话,用方言说了一番。过一会儿,办公室来了两个小伙子,他们帮农迎春拎箱子。金主任说,小农,你放心,到了斑竹村,姓金的都是亲戚,你到我儿子家住去,他们家离有礼家老屋就几步路。

金主任用自行车载着金信和,让金信和叫他叔公。走了大概十来分钟,看到一幢两层小楼,有个小院,安了铁门。金主任冲门里唤了几声,一个三十多岁的女子跑出来,金主任对农迎春说,这是我儿媳妇王碧莲,你和孩子就住他们家,有什么需要跟她说。金主任又用方言交代了他儿媳妇一番,儿媳妇频频点头,过来帮农迎春拉箱子,把他们迎进屋里。金主任说,小农,你安心住下,你的事我马上去打听。

王碧莲热情地替农迎春母子铺床做饭,农迎春打下手,先让金信和吃饱休息了,她俩坐下来聊天。农迎春问王碧莲金有礼家的老屋是哪一幢。王碧莲拉着农迎春的手出门,拐个弯,走上五六分钟,有个小院安静地依着几棵黄皮果树立着,午后的阳光从树叶间洒到地上,碎碎的金子一地。农迎春想应该是这一处了,果然王碧莲的手就指着这处院落说,这儿了。农迎春走过去,隔着一堵只到半腰的院墙看进去,院落里一地树叶,倒显得这院子是清净的,几件锈掉的农具在屋檐下放着,黄皮果树已经有青色的果子在叶子中悬挂。农迎春想这里也曾经人来人往呢,金有礼在这院子里长大,经常爬到这黄皮果树上去摘果子吧,她心里被一种柔软浸透着,默念着,你们看,我来了,我把孩子带回来了。

王碧莲还不明究竟,问农迎春,你是来找金有礼的?农迎春说,是的,他是我孩子的爸爸。王碧莲有些吃惊地说,金有礼有几年不回来了,他在哪里做活路呢?农迎春说,我也不知道。王碧莲更吃惊了,却知趣地不再发问了。

晚上,王碧莲家陆续来了十几个人,都是金主任通知来的。金信和被打发去和别家的孩子玩去了。像开会一样,茶水摆上,卷烟摆上,金主任召集大家坐好,他把农迎春寻亲的事给大家说明了,问谁知道金有礼、金有仪的下落。大家七嘴八舌,有的说金有礼很少回来,回来的时间也短,这些年村里感觉就没有这个人。有个上年纪的大伯说,金有礼人长得是很体面,可做出的事就不体面了,有了孩子怎么就不管了呢?怎么也是自己的血脉呀。开了这个头,数落金有礼的话匣子就打开了。有人说一个女人独自带大孩子不容易,现在是这个情况,必须把金有礼找出来,让他承担责任。有的说,金有礼再没情没义也要回来送人一程,一日夫妻百日恩。一群对她来说只是陌生人的人在责备金有礼,让农迎春心里很过意不去,她说,当年我太年轻,不懂事,老跟他吵架、生气,他日子也不好过,以前的事不论谁对谁错,现在我只关心孩子,孩子既然姓金,是有父亲的,我不在了,他也不是孤儿。

话题又回到金有礼的下落上,还是没有人能说出个确切的说法。金主任又不停地打电话,后来总算是来了一个年轻人,那年轻人不知道金有礼的下落,但知道弟弟金有仪在武汉打工,是在一家生产午餐肉的罐头厂打工,说是去年金有仪休假回来跟他们几个哥们儿喝酒时说的。当时金有仪说自己是车间的工头,平时吃罐头都吃烦了,搞得连猪肉都不愿意吃了,还邀请大家四月份的时候到武汉去看樱花。年轻人从自己手机上调出金有仪的手机号码,当场拨打过去,却是空号。这年轻人说,这家伙可能是换手机了。金主任说,手机都空号了,也不知道这个金有仪还在不在武汉?再说了,生产午餐肉的罐头厂,应该有不少家,没有确定的地址,找起来麻烦,大家回去后分头帮忙打听打听。金主任回过头来又安慰农迎春，小农，你别着急，在村里住上两天，总能打听出来的。农迎春说，我不急，我还要给孩子的爷爷奶奶上坟呢，孩子到这里来，是认祖归宗，等他以后长大明理了，每年清明都回来给祖宗扫坟。大家说，好，好，是认祖归宗了。农迎春说，请长辈把孩子的名字加进族谱里，孩子取名叫金信和，是信字辈的。金主任点点头对一位老者说，三叔，族谱你管的，把孩子名加上，信字辈的，金信和。那个叫三叔的说，好的，回去我就添上，金家子孙多福多寿。农迎春说，明天，我让金信和到各家给长辈们磕头去。

　　晚间，客人散去后，农迎春把金信和接回来，安排睡下了。王碧莲又给他们送了一床薄被，说夜里靠山边会凉些。看王碧莲有聊天的意思，农迎春就邀请她坐下来，问，姐，你嫁过来多少年了？王碧莲说，我嫁过来快十年了，孩子都大了。农迎春说，那你以前还经常见得着金有礼？王碧莲说，当然了，我嫁过来的时候，他已经上中学了，我见他第一面的时候就想，斑竹村怎么有这么帅气的小伙子，这小伙子长得真好！金有礼也不是特别爱说话，院子里经常听到的是他弟弟金有仪的声音。农迎春脑子里不知不觉浮现金有礼的模样，温和地冲着她笑，当年正是这份帅气与温和让她心弦颤动,情不自禁。她说,是啊,我当初就是看上他的帅气了,呵,呵,后来这苦就吃大了。王碧莲叹了一口气说,也不知道他是怎么想的,竟然把你和孩子都抛下了,我看你挺贤惠的一个女人。农迎春说,我没有那么好,我是熬出来的。王碧莲说,我一个女人家,老公长年在外边做事,孩子有爷爷奶奶帮忙看着,还是辛苦得很,你自己一个人带孩子苦得很吧?心里一定怨死金有礼了吧?这事若轮我头上,找到他我上去先给几个大耳光。农迎春笑着说,如果我当年不那么倔,不那么不懂事,金有礼也不会被吓跑了,这也是老天爷对我的惩罚吧,日子是很辛苦,不过,我都挺过来了,现在,孩子就缺个爸爸。王碧莲听这话眼泪流下来了,说,妹子,你的命真苦啊,年纪轻轻的怎么身体就不行了呢?农迎春说,人各有命吧,我认了。苦能说出来就不算苦,没法说出来的,只有自己吞下去的才叫苦呢。

窗外,一层层薄薄雾气轻轻罩住树、屋顶,山村的夜晚真清凉啊!

金信和睡得很香,农迎春把薄被给他盖上,看着他那张白净稚嫩的脸,她想,孩子啊,你知道妈妈已经开始离开你了吗?你什么时候才能理解死亡的含义?

前些日子金信和着迷看电视,催来催去就是不愿意上床睡觉,农迎春吓唬他说,你不听妈的话,等妈妈死了,你喜欢看多久就看多久,那时候就没有人管你了。金信和愣怔几秒,张开大嘴哇地哭起来,大喊,我不让妈妈死,我不让妈妈死。农迎春是有意无意将这种死亡的信息透露给孩子,平时教他独立,教他坚强,可孩子哪里明白母亲要离他而去了呢?她本想狠心向孩子说明真相,可又怎么说得清楚?让一个七岁孩子认识死亡,太残忍。还是让孩子长大以后慢慢明白吧,就像她不经历这些岁月,怎么能明白自己曾经是多么的任性和放纵。

二

农迎春打工的第一站是省会城市南宁,最初人生地不熟,和同镇的两个姑娘一块儿招聘到一家饭店当服务员,一天站上十几个小时,累得腰酸背痛腿抽筋,人也瘦了一圈,直感叹赚钱不易,在家的日子其实是个小公主。做小半年工熟悉些行情了,跳槽到一家奶茶店卖奶茶,干了几个月,又觉得要挑个工资高有固定休息日的工作,正碰上一个高大上的楼盘招售楼先生、售楼小姐,那招聘的标准像是选美选秀,农迎春本来没有那个胆,自卑得很,但那薪水福利开得高,引诱得她心痒痒,又看到一干高矮胖瘦的都拿了报名表,她就硬着头皮上了。面试那日,招聘主管看她身材高挑,样貌甜美,虽然有点土气,但多了一分纯真,于是忽略她高中毕业的学历,当场拍板录用。农迎春经过一个月的培训正式上岗。主管说这一期培训的人员当中,美男美女星光耀眼。开盘当日农迎春被安排做前台礼仪,站在大门口迎客。农迎春穿上制服,上妆后,亭亭玉立,端庄贵气,像专门请来的模特,引人侧目。还有嘉宾说,看一个楼盘上不上档次,以前台的档次为标准,这楼盘很有实力!和农迎春并排站一起的售楼先生叫金有礼。别人都说金有礼像梁朝伟,忧郁小生。农迎春觉得金有礼比梁朝伟帅多了,梁朝伟才有多高啊,金有礼一米八呢。两人在众人的瞩目下,互相关注,惺惺相惜起来。

听说金有礼是湖北人,农迎春问他怎么到广西来了。金有礼说本来他的目的地是广东,但最近那边禽流感闹得比较厉害,他有个朋友在南宁打工,他过来耍两天,正好看到这个楼盘招人,各方面条件不差,他就留下来了。农迎春说,留下来就对了,我们广西人好,风景好,空气好。金有礼笑着说,嗯,我感觉到了。

他们住的是公司安排的集体宿舍,一个住一楼,一个住二楼,每天上班待一块儿,吃饭的时候凑一桌,渐渐比一般人亲近起来。

农迎春说到南宁来一场电影都没有看过,电影票贵死了。过了两天金有礼邀请她去看美国大片,3D,票价九十元一张,还买了可乐、爆米花。农迎春觉得很奢佟,太占金有礼便宜了,看完电影就拉着金有礼去中山路吃炒米粉,她请客。店家把米粉端上来后,金有礼朝米粉里搁好几勺辣椒,农迎春也朝米粉里拌了好几勺辣椒,他俩吃得热火朝天,面如桃花。农迎春说,想不到湖北人也这么能吃辣。金有礼说,想不到广西人也这么能吃辣。他们都笑了。

两人看了五六场电影后,双方好像都有那么一点意思了。申请同一天轮休,相约一块儿上青秀山看杜鹃花。他们一路爬上山顶,站在高处俯瞰南宁,张开双臂拍照,迎着山风呼喊。一场大雨从天而降,两人朝山下狂奔,到半山腰跑不动了,雨把他们浇得透透的。农迎春穿的是件粉色连衣裙,全贴着肉了,有些狼狈,她双手环抱关键部位,不好意思看金有礼。金有礼检讨说自己应该带把伞出来,他昨天看天气预报了,说今天有雨,偏偏出门时候忘了。农迎春打了一个喷嚏,农迎春又打了一个喷嚏,金有礼直接上前把农迎春搂怀里了。抱着抱着两人的衣服都干了,他们在山上过了一夜,谁也没有感冒生病。

农迎春天生是个做买卖的,售楼业绩突出,在那业绩榜上排名前三,金有礼则属于差生,让业务主管私下里说是绣花枕头,中看不中用。无论成绩如何,都没有妨碍两人热恋着,两人年轻力壮,热血沸腾,一不留神农迎春怀上了孩子。化验结果出来后农迎春先是发抖,然后是大哭。金有礼乱了方寸说,不怕,你不想要打掉就是了,或者我们马上结婚。农迎春找到了发泄对象,冲上前来把金有礼胳膊掐出好几块青紫说,我当然不想要,我才二十二岁,我还没有玩够,我不要孩子,我不结婚。金有礼说,那明天就去做掉,我陪你去,我们上最好的医院。农迎春的脸忽然煞白,不,我不打胎,我不打胎,我妈就是打胎死的,我不打胎,打胎会死人的。在纠结与恐惧中农迎春错过了流产的最佳时间,她的脸上开始长斑,胃口和脾气都渐长。金有礼某日跪在农迎春面前,呈上一套金首饰说,嫁给我吧,我已经给家里打了电话,说我找了老婆,有了孩子,我爸妈马上汇给我们两万块钱,是给你的聘礼。他们让我对你好,孩子生下来他们可以帮我们带。农迎春尚做垂死挣扎说,要孩子我马上就不能工作了,没工作就没有收入了。金有礼说,我养你。农迎春说,生完孩子我的身材就走样了,我脸上已经开始长斑了。金有礼说,生完孩子你一定比现在还要美,就算是变胖了,变老了,你也比别的女人好看。农迎春说,我不会带孩子。金有礼说,我带,你只负责喂奶,做健身做美容。农迎春说,你说到要做到,做不到是牲口。金有礼说,绝对为农迎春做牛做马不后悔。

怀孕五个月,上班制服那窄腰让农迎春改了又改,没法装上她日渐粗壮的腰后,只能辞职了。他们搬出集体宿舍,到外边租了一间房。农迎春每天到公园散步逛菜市场买菜做饭煲汤,金有礼晚上回来吃了现成饭,就开始伺候看电视的农迎春。他给她捏脚捶背用防妊娠纹的膏油抹肚皮,洗碗拖地板。小日子表面上过得温馨和谐。但是,金有礼渐渐不太笑得出来了。这售楼的虽说有底薪,主要是靠业绩提成,他平时业绩就不行,自己一个人吃喝用度还能维持,现在租房子养老婆,将来还要养个小的,他开始睡不着觉了。他和农迎春上超市给孩子买东西,农迎春是见啥都喜欢都想买,买了婴儿床奶瓶小儿衣物玩具,金有礼刷卡的时候心都虚了,就怕收银员说卡里的钱不够。回到家里他跟农迎春说,他手头上没有钱了,生孩子得动用他父母给的那两万块钱。农迎春啃着苹果不以为然地说,那两万块是你爸妈给我的聘礼,你还想拿回去啊,你真好意思?金有礼说,这不是花在孩子身上嘛,我又没有乱花。农迎春说,呸,滚一边去,养孩子的钱你自己去挣,不然要你这当爸的有什么用啊?我要是还能上班,保证能让孩子每天喝上进口奶粉,做上几年说不定我还能自己买房呢,你养个孩子都这么窝囊,是不是男人啊?金有礼脸皮子被揭了一样,恨恨地说,是啊,你是能干啊,我看你们女的平时哪里是卖房啊,简直是卖笑。农迎春听完这话,顾不上大肚子,扑过来把金有礼的脸抓了好几道,还嚷嚷着就是打胎大出血死人她也要豁出去了,她要打胎。金有礼慌了手脚,作揖磕头道歉,才得消停。但农迎春坚持说,养孩子由金有礼负责,金有礼不能打那两万块的主意,因为那是她卖身给金有礼的卖身钱,便宜金有礼了。

孩子生下来,健健康康,金有礼给孩子取名金信和,说他的儿子是信字辈的,得按祖宗的规矩来取名。农迎春对此没有什么意见,说叫起来响亮就成。孩子生下来没几天,他俩就有一个重大发现——睡觉比一切都重要。金有礼上班,回来就想好好休息,可农迎春照顾孩子一天,就等着金有礼回来,让她得解放。两人为此嘴仗打得不亦乐乎。金有礼提议,把孩子送回农村让他父母帮忙看着,这样他俩都轻松了。农迎春说,亏你想得出,我可舍不得,你自己都要从那山旮旯跑出来,却要把儿子送回去,我的儿子就要生活在大城市,奶粉、水果、游乐场样样齐全,到你家去除了门前的山包包其他都见不着吧？金有礼说，行，不送，那你自己就看吧，反正你现在也是专职家庭主妇。农迎春气得跳脚，我专职家庭主妇？我明天就出去找工作。话是这么说，农迎春都不自信现在自己这副模样出去能找到什么工作。金有礼明显是为了逃避责任，早出晚归，连晚饭都在公司饭堂吃了。晚上他回来的时候，农迎春和孩子多半睡着了。半夜孩子有时候会闹，他赖着不起床，从来不帮忙。农迎春恨极了金有礼，她觉得自己彻底被金有礼骗了，一个口口声声要对自己好为自己做牛做马的男人就这个衰样，这世上若有后悔药她第一个抢来吃了。她每天从早忙到晚，有时连脸都忘了洗，头发一天下来也不梳理。镜子里她看到的是一个松垮、浮肿、疲惫不堪的女人，她烦恼得快要哭起来了。碰巧接到一女友电话，女友在河池市结婚，让她过去参加婚礼。她本来要一口拒绝的，突然想到这是一个绝佳的给金有礼一个教训的机会，她出逃了。

早上金有礼被金信和哇哇的哭声闹醒，醒来四顾无人，桌上留了一张条子，金有礼看完简直是魂飞魄散。农迎春说了，我出去散散心，三日后回，照顾好孩子。

女友的婚礼让农迎春感慨万千，百感交集。女友嫁了个小包工头，尽管那包工头长得像条小黄瓜，又蔫又黑,可不妨碍人家摆了五十桌酒,还送了女友一辆车。第二天又豪气地包车将外来的嘉宾送到当地风景点玩了一天。对比之下,农迎春觉得自己亏大了,不明不白嫁人生子,什么风光都没有领略,还把自己搞成个黄脸婆。她想,等她回南宁,饿上几顿瘦下来,一定要和金有礼去照相馆照婚纱美照,给自己的青春留个影,酒席办不办倒是次要的,青春的印记是一定要留住的。就这么个要求,真不高,她想她对金有礼的要求真是太低了。

临回家前农迎春心里忐忑不安,她做好被金有礼臭骂的准备,做好低头认错的准备。让她吃惊的是,回到家金有礼并没有骂她,很轻描淡写地说一句,玩够了?赶快过来看孩子,我要好好睡一觉了。金有礼倒头便睡。农迎春立即愧意充满,继续做回贤妻良母。只是,一月后,轮到金有礼消失了,金有礼给她留下银行卡一张,留言说里面还有五千块钱,他说,就算我对不起你和孩子了,可是我不想过这样的生活了,很累,你不用来找我,你也找不到我。

农迎春不认为金有礼是真的走了,她想他和她当初的想法一样,就想出去透口气,玩上几天就回来的。她错了,金有礼再也没有回来。

七年里她后悔过,不应该任性,应该和金有礼好好过日子。

她痛恨过,想把孩子扔掉,她扔不掉。

她破罐破摔过,与不同的男人交往,甚至做过小三,后来,是觉得自己丢不起人,也找不到一个真正可以托付的人,才没有再荒唐下去。

当农迎春把最后那两万块聘礼钱也要用光的时候,她把孩子送进托儿所,重新找了一份售楼工作。原来那个楼盘她怕碰到熟人,不回去了。每天除了上班,回家就是和孩子待在一起,她没有假期,没有任何想法。她的脾气越来越坏,她经常打骂孩子,在她心里骂孩子就等同于骂金有礼,解气。有时候骂着骂着她会失了心智,跳脚摔东西,直到孩子哇哇大哭才能清醒过来。有一天孩子从幼儿园回来问她,妈妈,我爸爸呢?这是孩子第一次提到"爸爸"这个词,在农迎春耳里不啻于惊雷,她一巴掌挥过去,把孩子的头打偏了。你爸死了,早就死了,记住了,以后不许再提爸爸,她狂喊着。孩子吓得忘了哭,拼命地冲她点头,后来,孩子再没有提过爸爸。可有一天孩子待在游乐场边上看一对父子玩耍,站在一旁眼里净是羡慕,她知道他羡慕人家有爸爸,她走过去毫不留情地对孩子说,信和,你爸爸死了,所以你没有爸爸跟你玩,你只能跟妈妈玩,妈妈最爱你。儿子的眼里顿时充满泪水。她有些不忍心,但她就得狠心地让儿子从心里抹去父亲这个记号。儿子的伤感和隐忍,让她更恨金有礼。

她想别人可以爱到海枯石烂,她可以恨到海枯石烂。她对金有礼只有一个词——绝不原谅!

有一天她做了一个梦,金有礼回来了,金有礼向她说对不起,求她原谅,要认她和孩子。金信和高高兴兴地冲上前叫爸爸,她愤怒地冲上前,把金信和抱起来冲向阳台,她抱着孩子像烈士般跳下楼,她最后留给金有礼的话是,我的儿子不能认你这个爸,我宁可和他一块儿死。

即使在梦里,她的恨都那样决绝和激烈。

农迎春最不满意的是自己的生活,每天朝九晚五上班,赔笑脸赔得脸僵硬,可房子越来越不好卖,她的收入似乎只够付房租养孩子,这样狼狈的生活又怎么支撑她那伟大的仇恨!

有一天,她带着金信和在超市买菜,碰到同镇一个叫阿灵的姑娘,她们曾经是初中同班同学。农迎春很想躲开去,但躲不开,阿灵眼尖手脚快,大呼她的名字,冲上前来抱起金信和,夸孩子长得好看,还问农迎春老公是做什么的。农迎春信口说给人家开车的。阿灵又问她现在做什么。她说，我带孩子，什么都不做。阿灵说，不做工多好啊，有人养着。农迎春勉强地应对着。阿灵从她手里抢过手机拨了一个号码说，这是我的手机号，我有你的联系方式了，改天找你玩。农迎春委婉地推辞说，有了孩子哪有空玩啊，吃饭都打仗一样，电影电视好长时间都没得看了。阿灵说，你也太夸张了，不就一个孩子嘛，又不是一群，我们几个老乡聚的时候经常提到你，现在联系上了，肯定要聚的。农迎春想尽快结束这次谈话，假装说要带金信和上厕所，匆匆忙忙逃离现场。阿灵在她身后喊，再联系哦。

过了一两个星期农迎春突然接到陈锦的电话。农迎春离家几年没有回去过，更没有和陈锦联系过，所以，猛然接到电话还是很吃惊。陈锦说，迎春啊，我是锦姨，终于拿到你的手机号码了，要不是阿灵前两天回来告诉我，我都不知道怎么联系上你。农迎春尴尬地应付着，锦姨，我太忙了，顾不上。陈锦说，知道你们一定很忙，城里的生活跟车子走得一样快，但锦姨真是惦记你，怕你吃苦，一直找人打听你的消息。农迎春鼻子有些酸了，她不喜欢自己这样，跟她说话的又不是她妈妈，她犯不着。她说，锦姨，你还好吧？陈锦说，好,好,我什么都好,我刚才在街上碰到阿灵,听她说你结婚了,孩子都有了,这应该给我说一声啊,我也替你高兴啊。农迎春心里想,阿灵真是个八婆。她跟陈锦说,我们结婚没办酒也没请客,就这么过了,所以,也没有通知到你们。陈锦说,你爸以前总跟我唠叨,希望你好好读书,以后嫁个斯文人,他担心以后你嫁到城里房子贵,所以一天到晚出门做生意,早早给你把钱攒上,说攒到你结婚的时候,给你一笔丰厚的嫁妆,谁想到他去得这么早呢?现在好了,你嫁人了,孩子也有了,你给个卡号,我把你爸给你存的钱转过去,你有空带孩子回来让我看看。

农迎春拿着那张银行卡到柜台上刷的时候还觉得像做梦,做梦也想不到自己突然继承了一笔遗产,十五万。她拿着存折哭了整整一晚。她没有好好读书,也没有嫁个什么斯文人,她拿了这笔嫁妆却没有真正嫁过人,她做的事情没有一样合父亲的心意,她想,这世上没有比她更不孝的人了。

等她抹干眼泪,她捏着银行卡对着虚空发誓,爸,我会为老农家争气的,你等着吧。

农迎春用这笔钱开了一家米粉店,后来变成五家。她是为老农家争了气,只是搭上了自己的身体。

三

农迎春天麻麻亮便起身，叫醒金信和。这时王碧莲已经做好早饭，金主任特地安排几个侄辈的陪同农迎春一同前往金家祖坟扫墓祭祖。大伙儿都在王碧莲家一块儿吃早饭，吃完出发。一行有七八个人，有的拎着供品，有的提着锄头，有人还拿了一大串鞭炮。农迎春只交代王碧莲买纸钱元宝香烛，她想，亏得这些亲戚们准备得周全。

走了五六里路，翻过一座不高不矮的山，在山那一头的背风地带，有许多的坟头，隐现在山上石头和树木中间。这时太阳已经升得老高，大家脸上都有汗了，金信和嚷着走不动，被一个大叔背在背上。清明刚过去两个多月，他们路过的一些坟头都清理过，新长的青草给这些寂静的墓地带来缕缕生机。金有礼父母还有爷爷奶奶的坟头彻底被草木掩盖了。到了地头大家先拔草,农迎春带着金信和一块儿拔,拿锄头的将坟边的土给培起来。人多好做事,半个时辰,几座整洁的坟头呈现出来。等香点上,供品供上,鞭炮噼啪噼啪炸响,农迎春领着金信和磕头。她对着坟头说,金家祖宗,我今天带着你们的后人金信和来祭拜你们了,请你们保佑他健康成长,学习好,孝顺,以后有出息。她转过头对金信和说,这是你爷爷奶奶太爷爷太奶奶的坟,以后有时间就回来,最好是清明回来扫扫墓,记得你是有祖宗的人,就像这树啊是有根的。金信和好奇地听着看着,问了妈妈一句,我说的话祖宗们能听到吗? 农迎春说,用心说的,就能听到。

等仪式完成,大伙儿按风俗在老坟前吃了一顿午餐才往回走。农迎春让金信和和大伙儿一块儿先走,她晚点再回去。大伙儿也不觉奇怪,他们先带上金信和往原路返回了。

农迎春跪在坟前,她对这坟里的人没有半分印象,她把他们想成自己父亲的形象。她一声声地叫,爸啊,爸啊,哭倒在坟前。

父亲去世那一年她二十一岁,那时她无心读书,只想往大城市走,父亲成了她的阻碍,所以父亲的死没让她觉得忧伤,反而有一种解脱。那个长年在外边做买卖的男人只不过把她养成人而已，往后还得靠她自己呢。是的，她在异乡闯荡，即便是她被男人抛弃了，即便是快流落街头了，即便是拿了他为她准备的丰厚嫁妆，她都没有认真地怀想这个男人。她自己万万想不到，当医院告知她检查结果，宣告她的生命在这尘世了无多日的时候，她躲在房里失声痛哭，她哭号的嘴里喊的一声声竟然是爸爸、爸爸。像被禁锢多年的灵，在被释放后报复性地吞噬了她的全身，她像坠入黑井那样全身冰凉瑟瑟发抖，她只有呼喊这个名号才能得到一丝温暖，才能得救。如果爸爸在这里，他会像她小时候阑尾炎发作，疼得打滚时，背着她一路狂跑，一路跟她说，不怕，不怕，爸爸在，没事的，没事的。那时父亲会是最踏实地安慰她的人。初中时她跟几个女生被流氓盯上，晚自习回家时流氓屡屡找她们麻烦，是父亲提了一根扁担威风凛凛地挥扫，大声宣告，谁再敢来惹迎春，我打断他的腿！那时，父亲是最高大的英雄。

她跟父亲说，我真不是个好女儿，没有保护好你给的肉身，但我已经尽力地在这个世界活得没有遗憾。她用父亲留给她的十五万的嫁妆，在几年里创造了一个奇迹，她将一家米粉店扩大成为五家。其实，在拿到父亲给她留下来的那些钱时，她已经深深悔恨，辜负了父亲的期望和爱，只不过她不愿意承认，她想以另一种更为决绝的方式来告诉父亲，自己是一个能干的姑娘，即使她没有读好书，没有嫁给一个斯文人，但她很能干，她能将这十五万变成一百万。爸爸，如果你还在，想来你一定高兴。爸爸，我错了，请原谅我，我想你了，我想你了。农迎春一直在呼唤这个温暖的名字，在这空旷的野外，声音像风一样飘浮在空中。

农迎春轻抚着坟上细土说，爸啊，我今天能来到斑竹村，是因为我不恨金有礼了，我一点都不恨他了，感情的事真是难搞懂，有时我都感觉自己不太了解自己。金有礼刚走的头一年，我一直认为他会回来的，回来向我认个错，我们重新好好过日子，后来知道这是不可能的了，我开始恨他了，你想我一定咒他死吧，没有，我从来不咒他死，我希望他活着，活得很凄惨，老、穷、病，最后孤苦一人回来找我，趴在我的脚下请我原谅他，我呢，当着他的面，牵着孩子的手和另外一个体面的男人扬长而去，让他趴在地上吃灰尘，而且，儿子就叫那人爸。爸爸，这些年我脑子里反复出现这个图景，只有这般才解气，他死都没有这般解气，你说我是不是很恶毒啊？不过，现在这些都没有意义了，人争那一口气都是来气自己的。我只希望我离开以后，他能够陪伴孩子，我的孩子不要一个人孤单单地活在这世上，他要有很多的亲人，我不要他哭的时候，都不知道要叫谁的名字，想不到一个可以说得上话的人。

农迎春坐在午后的阳光里，她与金有礼曾经热恋的片断时隐时现，他们相爱，然后有了孩子，他是孩子的父亲，是他让她在这世上留了一粒种子，可以继承她的生命，也许只有他最怀念她。她享受过爱情，尽管它没有完美的结局，可谁知道有多少爱情是有完美结局的？他和她就像一座桥梁，她倒了，他得在另一头撑着。她死了，她的儿子不能没有亲人，没有一个人记挂他，他也不记挂任何人。这是一种多么凄凉的感受，就像今天她嘴里呼喊的只能是另一个世界的人。不能这样，她要为她的儿子找到爸爸。一颗种子发芽开花结果，不是没来由的，金信和不是一个人孤零零地存在，他要有亲人，有人关心他，爱他，他也有可以去关心和爱的人，至少他哭的时候，嘴里呼喊的名字可以回答他。

农迎春在坟前把所有的心事倾吐了，她的身体轻了，她抬头看一眼天空的太阳，觉得阳光直接照进了她的身体里，让她充满了力气。

回到村里,农迎春跟王碧莲说要回金家老屋去住。王碧莲说,那屋很长时间没人住了,得有一番收拾,还是住我家里方便。农迎春说,我这已经算是回家了,怎么能不住自己的屋呢?她问金信和,要不要回我们自己的家住?孩子高高兴兴地挥手说好。王碧莲没奈何,只得找出扫把抹布一起帮忙。屋里几年没有人住,倒不是很乱,只是很多东西发霉了。农迎春打扫干净后,将被子抱到院里去晒,又跟王碧莲借了个小煤气灶,到村口买了很多肉和菜,晚上生火做饭,还隆重邀请一干亲戚来家里吃饭喝茶聊天嗑瓜子。

　　昨晚上在金主任家里的人基本又来到金有礼家了,大家继续昨天的话题,可还是没有人说得出金家兄弟的下落。农迎春说,没关系的,既然金有仪在武汉打工,我就去武汉找他,我看现在村里人的日子过得都不错呢,我找到他一定劝他回来,没有必要一定要外出打工。有人说,是啊,现在种果树就能赚钱,我们在农村花费少,日子过得不错。他们在外边打工,挣得多花销也多,存不了几个钱。金主任说,金有礼家是分有地的,那些地现在租给了别家种,如果他们兄弟回来,自己种些果树瓜菜日子会过得不错的。

　　农迎春说,有礼家还有地吗?明天我走之前去看看。大家说,明天就走了,不多住几天了?这屋子刚有人气呢。农迎春说,我时间不多了,什么都得赶紧了。大家都垂下头,被一种悲伤的气氛给笼罩着。

金主任发话了,找不着他们兄弟,你就把孩子送回来,他是金家的人,我们全村替你养着,不敢说别的,孩子上学是能保证的。农迎春拉着金信和跪到地上说,谢谢,谢谢大家。

第二天早上王碧莲开了一辆电动车将农迎春送到金有礼家的田地边。平整的畦地爬满蔓藤,绿叶间结有拳头大的小瓜。农迎春说,看起来好像南瓜哦。王碧莲介绍说,这叫黄金瓜,可以生吃,当水果一样,南瓜几角钱一斤,这收购价就得一块多一斤,我们这儿水土种这个好,瓜的水分足又甜。农迎春说,真不错,我见到金家兄弟,得劝他们回来种地,这日子比在外边混日子强百倍,要还有时间我都想来种。王碧莲笑了,没准你就把他们劝回来了,这么多年,他们也算是在外边闯荡够了。农迎春掏出手机对着这些地方拍了很多照片。

看完田地,农迎春收拾行李准备走了。金主任安排了一辆三轮,好些人将他们母子送到村口。农迎春让孩子给来送行的每个长辈磕了头。农迎春坐上车子的时候想,她是没有机会再到这里来了,而金信和却和这里连上了根。她摸摸孩子的头说,宝贝,记住这个地方。金信和说,记住了,你不是告诉过我,爸爸就在这里出生的吗?我肯定忘不了。农迎春把头别开,她不想让儿子看到她眼中的泪水。以前她不让孩子提爸爸,而这次她提出带着孩子出来找爸爸,孩子心里那股热情让她有些吃醋,又有些心酸。好在天真的儿子从来没有发问,为什么要找爸爸。

农迎春坐的是到恩施的客车,到了恩施汽车站她买了直达武汉的汽车票。

农迎春手上掌握的金有仪的线索就是金主任提供的金有仪的身份证号码和他在一家罐头厂工作,那家罐头厂附近有一个樱花公园。农迎春到达武汉后直接打车前往市公安局,之前查找金有礼的户籍身份她已经有经验了,金有仪在罐头厂工作,应该办有暂住证,这在公安局应该是有备案的。事情竟然出奇顺利,公安局的人说,这人你不用找了,他抢劫伤人被判四年,已关押半年多了。农迎春几乎不相信自己的耳朵,就像她找到斑竹村想不到金家二老去世了一样,金有仪竟然作为一名罪犯被关在监狱里。

农迎春找到看守所,要求探监,有关负责人推说她和犯人非亲非故,不准。在独自带孩子的这些年,农迎春已经变成一个泼辣的女人,她能把一家米粉店变成五家,有她的处世原则。她认了一个死理,最不值钱的是人的脸面,看上去最有脸面的那些人其实最不要脸,而她为了活得有脸面首先是不要脸面。不让她探监,她就天天到看守所大门口等领导,等了好几天,高墙大院的,领导见不着,她急了,她可以死磨,但她没那么多时间来浪费了。她突然想到一招,直奔电视台新闻热线报料去了,当然她报料的内容不是看守所不让探监,而是—— 一个临死的女人带着孩子寻亲,目前唯一的线索在监狱里。

新闻热线的记者们正愁找不到这类有悬念的题材,马上定了采访方案。记者跟农迎春说,你配合我们,我们就能让你找到你要找的人。农迎春说,只要让我找到要找的人,我无条件配合你们。她还加了一句,你们还有办法能让犯人减刑吗?记者说,你人都没见着,什么情况都不清楚,想得可真多。农迎春说,多想没坏处。

电视台说我们追求真实性,要拍真人,问农迎春有什么顾虑吗。农迎春说我一个快死的人了,还有什么顾虑,没有顾虑,只是在孩子面前你们不能提我的病情，还有，孩子的图像上还是打个马赛克吧。

电视台很快联系上有关部门，农迎春到监狱探望金有仪被批准了，这个过程电视台全程跟踪录像。

虽然事先被预告了农迎春来寻亲的目的，但金有仪不喜欢这样一次会面。他黑着一张脸面对镜头。他见农迎春的第一句话是，你找我没有用，我不认识你。农迎春说，你长得还比较像你哥哥，就是比他矮点。你现在认识我了，我刚从你们斑竹村来，是金大伯他们告诉我你在武汉打工的。金有仪听她这么一说，脸色稍缓和，又说，你来是想问我哥的情况吧，要这些电视台来录我干什么呢？我不想上电视，你还嫌我当犯人不够丢人是吧。农迎春说，我只有这样才能见到你，请你原谅。金有仪说，你来找我无非是想问我哥的情况，可我还没有进来前就联系不上他了，听说他跑内蒙古种苜蓿去了，也不知道是真是假。农迎春说，那我过后再慢慢找，我们就不说你哥的事了，就聊你的事，你出这么大的事，应该联系家里人。金有仪说，这丢人的事为什么要让人知道，知道了又有什么用？农迎春说，亲人们知道了，会想办法帮助你，如果你知错了，想办法减刑。金有仪说，我本来就不应该被判这么重，我只是个胁从，我当时只当好玩而已——说了半截，金有仪瞟一眼摄像机又不说了。农迎春说,我过后会找律师帮助你的。金有仪说,别费那个精力了,我怎么都要关几年的,你也等不及了吧?金有仪觉得这句话伤到农迎春了,停了一下说,我的意思是,孩子的事我根本没有能力管。农迎春说,你没有能力管就不用你管。金有仪笑了,那我们就没有什么可说的了,我和你之前也不认识,也没听我哥说过你。农迎春让电视台工作人员把金信和带过来说,我把孩子带来看你这个叔叔,主要是认个亲人,我的情况你知道,以后除了他父亲你就是他最亲的人了。以后孩子长大了,你老了,他可以照顾你。她扯一把金信和说,叫叔叔。金信和叫了一声叔叔。金有仪盯着金信和说,长得是有点像我哥,你叫什么名字?金信和说,我叫金信和。金有仪说,哦,信字辈的,行,我记住了,以后等我出去了你来找我,我认你。农迎春说,我在斑竹村住了三晚,给爸妈也上了坟,在咱们家老屋还住了一晚,都是乡亲们帮安排的,村里人不错。以前听你哥说村里穷得很,现在我看生活还过得不错,很多年轻人都不在外面打工了,回家创业了,我想劝你也回去。金有仪说,回去做农民锄地?我不回去。农迎春说,在外面想找到家的感觉很难!斑竹有你家房子,有地,有亲戚,等服完刑回去,找个老婆,种种地,安稳过日子。果树现在很赚钱,我给你投资,你出来后可以种果树,在家里有住的有地种,平安过日子。金有仪说,我不要你的钱,你留着治病吧。农迎春朝金有仪使了个眼色说,我身体好得很,那些钱让你多种果树,开花结果的树,我听起来都高兴。

农迎春说完转头和电视台的人说,我们录节目就到这里结束吧。电视台把镜头对准金有仪说,你怎么也要表个态啊,不然这节目录的有什么意思?金有仪对准镜头说,听嫂子的,等我改造完我一定回家,侄儿我来养。农迎春低声地说,说话算话,这话可不能胡乱说。金有仪看了一眼农迎春,对电视台的记者说,我有话跟我嫂子说,单独的,不要你们拍,管教旁听就可以了。

电视台的记者老大不愿意地站着不走。农迎春过去说,等会儿我会跟你们一起去请个律师,替孩子叔叔找机会减刑,你们看有没有新闻价值,有的话先到门口等我几分钟。电视台记者扛着摄像器材不情不愿地出去了。

金有仪看人都出去后压低声音对农迎春说,我哥,其实我哥现在在广东虎镇养虾,他结婚了,虾场是他老婆的,那个女人比他大不少,我哥什么都做不了主,像个雇工一样,我前次说要去找他玩,他满口回绝了,说没时间没心情接待我,所以我估计你找上门也没有什么结果。不过,去看看吧,没准我哥吃了这么些年苦,会觉得亏欠你们娘儿俩呢? 农迎春说,虎镇? 挺有名的地方嘛,听说那里海景很美,去旅游的人很多,我还没看过海呢,这次总算找着机会去了。金有仪说,我哥的具体住址我说不上,原先我有我哥的手机号码,但后来我出这事就没记住。但虎镇不大,你专打听那些养虾户,那女的正好也姓金,估计你能打听出来。农迎春说,好的,你放心,我一定能打听出来,谢谢你有仪,孩子的叔叔。金有仪笑笑说,祝你健康! 农迎春笑笑说,再见!

从看守所出来,电视台记者问刚才金有仪说什么了,农迎春知道如果透露,他们就要跟她一路同行了,刚才金有仪说了,金有礼已经再婚,哪里能出镜? 农迎春心里暗忖,当是她对不起电视台了,这里得撒谎了。她说,金有仪跟我说他是被冤枉的,判得太重了,他希望我能给他找个律师。记者问,你要给他找律师吗? 农迎春说,当然,你们如果愿意可以追拍我找律师的经过和结果。记者向领导汇报后,觉得还可行,就追拍了这一情节,整个故事现在变成励志片了。农迎春不是作秀,她真正拿出钱来,请律师替金有仪申请减刑,并请律师公证留了一笔钱给金有仪,指定了投资方向——农业。不过,结果她就不一定等得到了。她协助电视台用了两天时间把节目做完,就出发去虎镇了。

四

虎镇是个有些名气的海滨小镇。近海有一处景致宛如海上桂林,怪石嶙峋,九曲八弯,五迷三道,以前曾有不少小渔船困在里面,好几天才出得来,所以也称海上迷宫。

农迎春刚一下车就闻到空气中有一股好闻的咸盐味,天空蓝得晃眼,眼睛不自觉地眯着,风很凉爽,吹得街边的树忽左忽右地晃动。街上来往的车子不多,放眼过去,眼见的高楼也不多。农迎春想,金有礼生活在这地方还不错。她问金信和,儿子,这两天我们好好玩玩,你告诉妈妈,在大海边你最想玩什么?金信和咬着嘴唇想了一会儿说,我要坐大轮船,我要在海里边游泳,我还要看大海龟。农迎春拉起儿子的手说,好,现在我们就先找一处能看见大海的旅店住下来,明天我们就坐大轮船去。金信和说,妈妈,我们不是来找爸

126

爸的吗? 等找到爸爸再玩吧。农迎春说,宝贝,不急,我们已经到这儿了,最后一站,爸爸跑不了。

母子俩坐大轮船出海, 在海上看什么都新奇, 就是一条鱼从水里蹦起来他们都要大惊小怪地叫唤上一阵。碰巧有一群水母在船边游荡, 大的比大圆桌面要大, 小的却细如一朵朵小菊花, 金信和在船边上蹿下跳的, 兴奋得就差没扑海里和水母一块儿游泳去了。进入海上迷宫的时候, 碰上有风, 船左右晃动得厉害, 金信和扛不住吐了, 农迎春照顾完儿子自己也吐了。母子俩蔫蔫躺床上, 农迎春把儿子搂在臂弯里说, 儿子啊, 你以前还说要当海军, 如果这一点点都吐, 恐怕有点麻烦。金信和说, 这是我第一次坐船, 如果找到爸爸, 我在这里住下来, 经常有船坐, 不会吐的。听这句话农迎春心里酸成一坨了, 在孩子的心里, 找到爸爸, 他就能和爸爸在一起生活了, 真是个乐观的孩子。

头天玩得太累了, 第二天母子俩睡到十点多才起床。吃过早饭, 农迎春带金信和出去游泳, 游完泳到海洋馆看大海龟。这一天下来, 大人小孩又累得碰床就倒下了。

第三天在镇上闲逛, 吃些当地小吃, 买了些纪念品。回旅店早, 农迎春向旅店老板打听当地虾场的情况。旅店老板说,虎镇的虾场跟饭馆一样多,沿海成片成片的,外地很多海鲜贩子都到虎镇进货。虾场主老板也认识几个,不过,他说没听说过有姓金的,他让农迎春明天一大早到海鲜批发市场去问问,几乎所有虾场老板在那里都有生意。

第二天一大早,金信和还在梦中,农迎春托旅店服务员照看,自己赶往海鲜市场。不出店家所料,打听没一会儿,就碰到有人认识姓金的女虾场主,还问农迎春找的是不是金丽云。农迎春老老实实说不知道。那人说,金丽云这阵子没有来海鲜市场,她老公偶尔过来一下,但这几天也没见着人。农迎春马上问,她老公也姓金吗?那人说,好像是的。她跟那人要金丽云的虾场地址,那人只能告诉她个大概的方位,让她自己找去。

农迎春回旅馆把金信和带上, 他们雇了个车子,依着地址出城。大概走了四十多分钟的车程,看到沿海地带全是围起来的虾场,一片片的,那海水呈现的是一种安静的灰色。虾场周围隔上一段路就会有几幢看起来像是住人的屋子。每个虾场还都有自己的名字,例如有叫肥仔虾场的,有叫何家虾场的,就没看到有叫金家虾场的,她现在不确定金有礼的老婆是不是金丽云,而金丽云的虾场是不是叫金家虾场。后来她让开车的师傅把他们母子放下来,她决定靠自己这张嘴去打听。他们走了一二里地,看到一块粗糙的招牌挂在路边,上面黑毛笔写的是小学生体——大自然虾场,一个箭头指向右,沿着箭头农迎春看到了一排房子,大概有七八间。下面还有两个联系的手机号码。她不知怎么就觉得是这家了,她掏出手机拨打上面那个号码,电话接通,她喂了一声,对面接电话的是个女声,抛出一句当地的方言。农迎春听不明白,只能按照自己的想法问对方,老板,您姓金吗?对方愣了一两秒,用极其蹩脚的普通话说,是的。农迎春有些慌乱了,说,我前次进货的金老板是个男的呢?那女人回答说,那是我老公,你想进什么货?农迎春说,虾和蟹。女人说,那你上大自然虾场来看看了,看好了我们送货。农迎春赶紧说,好,好。

掐了电话农迎春心跳得跟打鼓一样,拉着金信和朝前走,离虾场旁边的那排房子七八米远他们停下了。房子边还停了一辆小货车,车厢里装了几只大箱子,看样子就是装生猛海鲜用的。农迎春的心跳得很快,她不敢上前去敲门,也害怕房子里有人走出来。突然,有一人不知从哪里钻出来的,穿着下水穿的皮裤,

129

手上拿着一只大笊篱,径直朝小货车的方向走来。金信和说,妈妈,他一定是要捞虾了。农迎春嗯了一声。在这种地方,人来往不是太多,那人看到他们了,朝他们嚷了一句方言,农迎春听不懂傻站着。这里很空旷,他的声音一定让房子里面的人听到了。又有一个人从屋里走出来,是个四十多岁,面色黑黄,大卷发,挺着大肚子的女人。她朝农迎春他们站立的地方看过去,农迎春猜她眼神一定是带着猜疑的。果然,她冲着他们嚷起来,声音有犀利的味道了。农迎春听不懂也得应对了,她赶紧说,我们随便看看的。那女的用不太流利的普通话说,今天花蟹便宜,一斤六元,弹虾一斤十八元。农迎春说,好,好。她拉着金信和快步离开了这个地方。回来的路上她庆幸没有看到金有礼,这种场面下见到金有礼她能说什么呢,也许只能装作不认识了。那女人应该是他的妻子了,大肚子女人,快有孩子了。

回到刚才那块招牌下面,农迎春把另外一个手机号码抄下来了,她想,这个号码应该是金有礼的了。她回到宾馆才拨打那号码。是金有礼吗? 那边说,谁? 她说,我是农迎春。对方沉默了几秒钟说,你怎么有我的电话? 咦,你用的是虎镇的电话,你在这里。对方的声

130

音有一丝警惕。农迎春说，今天我去过大自然虾场了，没有看见你，我就回来了，我想还是跟你电话联系比较方便，我有急事要见你，我住在南海宾馆。金有礼说，农迎春，我已经结婚了，我们还是不要见面了。农迎春说，你放心，最后一面了，以后也不会再见了，对了，我把金信和带来了，他已经七岁了，昨天在海上迷宫玩得很高兴，你不想见见他吗？金有礼说，好吧，今晚上我去见你们。

晚上，金有礼没有出现。

金信和等了又等，他生气了，说，我讨厌爸爸，我们找了他这么久，他还不来见我们，我不想见他了，我们回家吧。农迎春知道这儿子心里不知道有多想他爸爸呢，她安慰着，爸爸一定是有事情，不方便，明天会联系我们的。农迎春一夜未眠，她吃惊于自己的平静，现在寻上门来了，金有礼即使不出现，她也没有太多的难过。天快亮时她竟然睡过去了，做了个梦，梦到在路上追赶金有礼，金有礼挑着一只箱子，想跑也跑不快。农迎春大喊，我不信我追不上你。金有礼忽然就跑到海边了，见无路可逃，放下担子，打开箱子，跳进去，把箱子盖起来。农迎春使劲敲打箱盖说，给我滚出来。忽然，箱子翻滚移了位置，掉进海里，箱子里发出咚咚的敲打声。农迎春吓得醒来,听到门外有人敲门的声音,她看枕边的手表,才五点多,这么早服务员也不应该来呀。她打开门,门外站着的是金有礼。她差点没把他认出来。当年那帅气的男人就剩得一个身高了。脸黑黑的,背驼着,还留了胡子,看上去就是一个中年大叔,要说配早上见到的那个大肚子女人,也是相配了。她有点心疼他了。

金有礼拘束地坐在她面前。他说,我老婆昨晚上不舒服,我陪她上医院,所以没来。农迎春说,没来,也可以打个电话,孩子等了你一晚上了。金有礼像想起什么似的,惊慌地看了一眼床上的孩子说,他是金信和?农迎春点点头。她过去想把孩子摇醒,金有礼摆手制止她说,别吵他,让他睡着,我都不好意思见他了,我不配当他爸爸。农迎春听这话,心里有些暖了,也就没唤醒儿子。金有礼说,你怎么知道我在这儿?农迎春说,是金有仪告诉我的。金有礼嘴里骂了一句。农迎春笑了笑说,你不用怪金有仪,有空你去看看他吧。农迎春递过去一个纸条,上面写了金有仪坐牢的地址。她说,他坐牢了,判了四年,还剩三年多吧。金有礼有些恼怒地说,我就知道这家伙迟早有一天要出事的,我早就知道了。农迎春白了他一眼说,早知道你还不看好他？金有礼叹了一口气说，顾不过来的。

两人之间出现了一段时间的沉默。金有礼从裤兜掏出一本存折说，你一个人带孩子不容易，这是我这几年攒的一些钱，不太多，我也没有更多了。平时我都不管钱的，我老婆管钱，她现在准备生孩子了，我都顺着她。农迎春把存折推回去说，我自己有钱，不缺钱，我来这里也不是管你要钱的，这么多年，我能把孩子带大，最难的时候已经过去了，我这趟是专门为孩子找爸爸来的。农迎春将医院诊断结果递给金有礼说，你看吧，我没多长时间了，胃癌晚期。金有礼匆匆扫了一眼医院诊断，盯着农迎春说，不会吧，这怎么可能，你才三十岁啊。农迎春说，这是命啊，我也改不了。金有礼说，医院一点办法都没有了吗？农迎春说，结果都一样，我不想折腾了。金有礼突然恼怒地砸打自己的头说，对不起，是我让你太苦了，苦出来的病啊。他捂着脸呜呜地哭了。农迎春心想一日夫妻百日恩，你到底还是会为我流泪的，也不枉相爱一场。她说，我都说了，是命，比我苦的人多了，也没见别人得这病。

金有礼突然抬起头来说，你这次来是想把金信和留下来？他的眼里有了一丝担心。农迎春捕捉到了，她知道他担心什么，但她还是说出来了，你是他亲爸，我去过你们斑竹村,你爸妈也不在了,弟弟坐牢,你是目前唯一可以照顾他的亲人了。金有礼抹一把泪,沉默了,他掏出一支烟,发狠吸,吸完了说,迎春,我们当时没有办过结婚手续,你可不可以跟民政局的说,找不到我了,把孩子给福利院行吗?他又补充了一句,他只是暂时住福利院,等我过几年,方便一些的时候,我可以去看看他,再想想办法。他不敢看农迎春的眼睛。他说,我老婆还有三个月就生了,她年龄比较大,快四十岁,才有这么个孩子,计较得很,我这几个月要忙生意,又忙着照顾她,别的都顾不上了,这种情况,你要我怎么把一个孩子领回去?她的脾气,唉,大得很。农迎春点点头说,你说的,我能理解,我不会强迫你的,虽然你有抚养孩子的义务,但也要你心甘情愿才行,我不能让孩子受苦,对吧?但怎么说你都是他最亲的人,如果有可能,你一定要看顾他,我不希望他孤单单的一个人,高兴的时候不知道跟谁分享,苦的时候不知道找谁说,这样的日子我经过,我不希望我的孩子也这样。

金有礼说,对不起,我真是没有办法,要不怎么会舍得自己的亲生孩子。农迎春说,孩子我带回去,最后安置在什么地方我会通知你一声的,方便的时候去看看他。金有礼如释重负地说,好,好,我会的,你不会恨我吧? 农迎春笑了笑说,你当然可恨,但你是孩子的爸爸,我不希望金信和恨他的爸爸,因为他已经没有了妈妈。不过我有一个条件,也是唯一一个条件,你将来无论生的是儿子还是女儿,一定要让他们知道他们还有一个哥哥叫金信和,如果再有可能,让他们相认,让他们彼此关照。金有礼不自然地笑笑,你说的,我尽量做到吧。农迎春说,不能是尽量,你发个誓吧,这是我对你的唯一要求。金有礼说,好的,我发誓,我一定让金信和兄弟或是兄妹相认,彼此关照,如果做不到,就让我掉海里去让鱼吃了。农迎春,呸,呸,呸,大吉大利,你得好好活着,陪着孩子们一起长大,你很幸福,不止一个孩子呢,责任大了。金有礼说,农迎春,你变得太多了,你很宽容,我实在无能。农迎春说,总算给你一个好印象了,你以后会记得我的好了。来吧,孩子他爸,你可不可以跟孩子照一张照片。金有礼说,他现在还睡着呢。农迎春说,你就坐在他身边,我用手机给你们拍,等他醒过来的时候,我说爸爸已经来看过他了,他会高兴的。金有礼说,好的。他轻轻地坐在儿子的身边。农迎春用手机给他们拍了一张照片。

金有礼看了一眼手表说,我得去看海鲜摊子了,早上出来早,让别人看着的,我得去收收账。农迎春说,好吧,再见。

一个已经是完全陌生的背影融入薄雨中。农迎春的眼睛不知不觉湿润了,这是她最后一次见这个人了,这世上她曾经热恋过的一个男人。包括她眼前的许多景象,这雨水,这城市,于她都是最后一次的相逢与离别了。

早上金信和醒来,农迎春说,爸爸今早上来看你了。金信和说,你骗人。她说,我骗你天上又不会掉饼干,骗你干吗,是爸爸不让叫醒你的,他让你多睡一会儿。金信和很不高兴地嘟起嘴说,我想见爸爸。农迎春说,爸爸很忙,你放心,会见到的。农迎春把手机上的照片拿给儿子看,儿子看了一眼不说话了。她说,为什么不说话了?金信和说,我一点不像他,你还说他很帅,我觉得又老又黑。农迎春笑了说,爸爸妈妈都会老的。

第二天,母子俩离开了虎镇。金信和问,妈妈,为什么找到爸爸了我们不留下来呢? 农迎春说,因为爸爸现在还没有时间照顾你,得再等一些时间,说不定过一段时间,我的儿子就长成男子汉了,还可以照顾爸爸了。金信和说,唉,那要等多长时间啊,爸爸他还会来见我吗? 农迎春说,当然,到时候他还会带着一个小弟弟或一个小妹妹来看你哦。你可比妈妈幸福,妈妈一个兄弟姐妹都没有,你还有呢。金信和说,好吧,到时候,我会照顾弟弟妹妹的。

五

　　原来记忆也会骗人，以前觉得甲田镇是个很大的地方，隔了将近十年回来，甲田忽然变得很小，站在车站这个位置，一眼看过去，就可以将整个镇的纵横收到眼底。有几辆电动车在农迎春身边转悠，问她要不要坐车。她摇摇头，这么点点大的地方哪里需要什么交通工具。她俯身问金信和，累吗？金信和说，不累。农迎春说，我们坐了一天车，走路活动活动，你也好好看看，这里是妈妈出生长大的地方。金信和高高兴兴跑在大街上，看到沿街流淌的河水，又趴桥上看，问有没有鱼。农迎春说，鱼肯定是有，但估计少了，小时候妈妈在这条河洗过衣服游过泳呢。金信和说，那我可不可以游呢？农迎春说，这水看样子有点脏，妈妈小时候的那河水可清可甜了，我看你现在是游不了了。金信和说，我要游。农迎春说，游完身痒痒得就怕你受不了。

138

金信和失望地说,那就算了。农迎春笑着说,往上走,河水的源头是从一个山洞里流出来的,过两天妈妈可以带你到山洞那一带游,上游是干净的。金信和说,妈妈,你以前住在哪里呢?农迎春说,就在河的上游。

老屋和她离开那年几乎一样,没有长高没有变矮,却像老去的女人,被周围新起的小楼压得暗淡无光,所幸院墙内花树浓密,红花黄花次第出墙来,暗淡被一种青春的色彩修饰了。农迎春突然看到了站在晒台上的陈锦,陈锦用手搭了凉棚,往他们的方向看过来。当确定是农迎春的时候,陈锦在晒台上挥手,大声地喊,是迎春吗?陈锦急慌慌下楼跑出院子,农迎春也加快步子,拖着金信和的手小跑起来。陈锦迎上来,要接过农迎春手中的行李,农迎春没有放手,她把儿子推到陈锦的面前说,快,叫外婆。金信和叫了一声外婆。陈锦牵住金信和的手说,乖孩子,长这么大了,太好了。刚才隔壁的王妈说在车站看到你了,我还不相信,还真是回来了。陈锦抹着泪。农迎春说,是,回来了。陈锦说,孩子都这么大了,早该回来看看了!

他们走进屋里,堂屋正墙上是父亲的照片,农迎春把行李放下,拉着金信和跪下来说,爸,我回来了,这是你外孙金信和。金信和学妈妈的样也磕了几个头。

陈锦站在一旁说,迎春爸,孩子们平平安安的,你放心了。农迎春转向陈锦也磕了个头,说了她认为一辈子也不会说的话,她说,对不起,锦姨,一直没有跟你说声谢谢,谢谢你对我的养育之恩。陈锦把农迎春拉起来说,这些都不提了,我们是一家人。

农迎春带着金信和四处看看,告诉他以前自己住哪间房,在哪里写作业,在哪里种菜。院里种满了各种花草,收拾得很干净。院角围了一方池,养了十几只龟,黄灿灿,像一坨坨金子。农迎春问是什么龟,开玩笑说是不是很值钱那种。陈锦说,好像一只能卖上万块吧,你走后不久我就养了,不想卖,反正也没有太多用钱的地方。哇,想不到锦姨还能养这么贵重的东西呢,农迎春说。陈锦说,当时有很多人一块儿养的,他们基本没养活几只,我不知道他们是怎么养的,反正我养的时候就没想过要靠它们发财,要卖掉它们,所以啊,它们安安心心在这里落户,还繁殖下一代了。龟活得长,慢慢养着,静静的,陪我,也为我增寿了。农迎春有些惭愧,她比不上这些龟呢,这些龟至少陪着锦姨度过了好些寂寞的日子。

金信和逗小乌龟玩。陈锦忙着做饭,农迎春进厨房打下手,陈锦也不推辞,说,迎春,你得好好补补了,脸色太吓人,才二十岁的人呢。农迎春说,姨,我有病,没有几天时间了。陈锦说,呸,年纪轻轻的,胡说八道的。农迎春说,是真的,医生说我的时间不超过半年了。陈锦手里翻炒的铲子停下来,这怎么回事呢,这人都怎么回事?你这么年轻——陈锦说不下去了,把灶上的火停了。农迎春赶紧抚着陈锦的肩膀说,姨,你别这样,我自己都挺想得开的。陈锦说,不行,我们上北京找大医院去,别怕花钱,我们把龟卖了,把房子卖了也行。农迎春说,晚期了,再大的医院也没有用。陈锦说,没事,肯定没事的,你好好住下来,让姨给你调理,那些病都是外面的脏空气、吃的脏东西弄的,我们这里空气好,吃的菜都是自己种的,你啥也不用管,回来住上一段时间就好了。农迎春说,好的,我就住着不走了。

全家人安静地吃了一顿饭。

在父亲的遗像前,供上了酒和菜。

月亮上来了,院子很清凉,也很安静,听得到小龟们濡沫的声音。农迎春在院子里乘凉,她觉得这里的空气怎么都吸不够,这几年在外边闯,与养育她的水土远离了,现在可以重新补充了。陈锦煮了一碗红豆糖水,端放到石凳子上说,这豆子都是我自己种的,红豆熬汤水对你合适,每晚上我给你熬一碗。农迎春端起来喝说,真好吃,我早应该回来,为什么在外边受那些苦呢?傻了。陈锦说,现在回来也不晚,日子都一天一天过的。农迎春很快把一碗糖水喝完,她放下碗说,姨,我这次回来是想把孩子托付给你,不知道你愿不愿意收留他。陈锦激动起来说,你信得过锦姨,锦姨保证给你把孩子养好,他就是我的亲外孙。我这一辈子没个孩子,算是我没有福分,想不到临老了,福气来了,话说回来,迎春你还是放下心养身子,孩子是离不了妈的。农迎春点点头说,我会的,锦姨。陈锦说,我一直没敢问,孩子的爸呢?农迎春说,我也是前几天才找到孩子的爸爸,我们有七年没有见面了,他已经跟别人结婚了,也快有自己孩子了。陈锦说,那也没什么大不了的,有我呢,你什么也不用担心。农迎春说,金信和以后大了,也许也会离开你,会去找他的爸爸、他的叔叔,你舍得吗?陈锦说,你爸要在,他也会替你看孩子的,一代代人,不都这么过吗?这里有个窝在,我们给你们看好,想回来就回来。

在镇上的日子过得很快。金信和已经要上二年级了。那天农迎春把金信和叫过来说,好久没有让你背老家的地址了,来再背一次给妈妈听。金信和没有不耐烦,一个字一个字地背出来:湖北省恩施市巴东县高陵镇斑竹村。他背出来后,又问,还要不要考我写爸爸、叔叔的名字?农迎春点点头。金信和找来一张白纸,唰唰写下来。农迎春笑了说,写得真好,难怪老师说你语文特别好呢。金信和说,我数学也很好。农迎春说,每天做完作业就帮外婆做些家务,好不好?金信和说,我帮外婆养龟了,每天我捉小虫子喂它们的。农迎春说,你倒会挑轻松的做,还可以和小龟们玩对不对?金信和笑着说,外婆说小龟最喜欢小孩,让我多和它们亲近,说我可以学得好脾气呢。农迎春说,你别学得做什么都慢吞吞就好。金信和说,有句话叫慢工出细活,这是外婆教我的。

农迎春说,叔叔给你写的信,你回了没有?金信和说,有几个字我不会写,我写的拼音,过后再查字典,不过,我好像没有什么话要跟叔叔说。农迎春说,怎么会呢,能说的东西多了,像你养小龟、帮外婆扫地这些事都可以告诉叔叔,叔叔看你这么懂事,以后肯定特别喜欢你。金信和说,我希望叔叔早点从监狱里出来,你说叔叔会不会减刑呢?农迎春说,妈妈请的是个厉害的律师,过一阵子应该就有结果了。金信和说,你不是说在牢里好好表现也能减刑吗?我就写信让叔叔好好表现。农迎春说,好,真懂事,宝贝。金信和说,其实我也想给爸爸写一封信,不过没有他的地址,妈妈你可以告诉我吗? 农迎春说,爸爸很忙,不太方便跟你通信,不过,他一直记着你的。

前几天金有礼发了一个短信过来,向她问好,还告诉她,金信和有妹妹了,名字叫金信平。她本想把这事告诉金信和,后来想,这还是由他的父亲将来亲自告诉他吧。

那天农迎春走出家门,慢悠悠走到河流的源头,找一棵大树倚着坐下,看清澈的水从山洞口流出来,水透明的,清亮地泛着白光,她的身体渐渐地也像河水一样柔软,随和。父亲在虚空中降落,她说,爸,你怎么来了? 爸爸说,走了,回家了。农迎春回头看了一眼家的方向,心里呼唤着儿子的名字,她感觉她已经飘起来了,俯瞰这清秀的小镇,梦幻一般。原来离开这般轻松。

当花瓣离开花朵

教室里有两个位置空了，都是靠前排的位置,除非你不看黑板,如果你要看黑板总看得见这两个位置。这两个空位像热量非凡的火焰山,每个看见它们的同学,身上的燥火都被扇一扇,喉咙更干,心更焦了。

莫云有一种奇怪的感觉,盯着空位超过三十秒钟,这空位看上去就像有人坐着,她看不清坐着椅子的人的脸,不过可以肯定坐在椅子上的人绝对不是赵冰梅和黄正壮,他们两个人已经出国了。赵冰梅去了新西兰,黄正壮去了澳大利亚。

在班主任宋良信宣布这个消息以前,班里的同学早已尽晓此事。赵冰梅和黄正壮临行前分别将自己平时要好的同学请到家里去了,弄了不大不小的告别宴。莫云和这两位同学的关系一般,所以没有被任何一家请去,只是听同学们回来唾沫横飞地形容赵冰梅和黄正壮潇洒得不得了,特别是黄正壮,在他家后院把一摞课本和复习资料通通烧了,纸张的灰烬像一只只黑蝴蝶在空中狂舞。赵冰梅和黄正壮给同学们的留言基本上是一个意思:革命尚未成功,同志仍须努力。

宋良信已经看出这两个空位对同学们的不良影响,要尽快将它消灭。宋良信把目光放远,看着坐在最后一排的莫云和石磊说,莫云,你坐赵冰梅的位置,石磊,你坐黄正壮的位置。莫云想说不,她不喜欢坐前排,但她不敢。她咬着嘴唇埋下头在自己的抽屉里翻腾收拾,把一摞书放到另一摞书上,几本书从顶部滑落到地上,弄出一些响动。将书本整理好后,她将自己的椅子顶到头顶上,扛到前排去,把赵冰梅的换下来。她的椅子和赵冰梅的没有什么太大的区别,赵冰梅的椅子没有瘸腿,她的椅子也没有开花,但她就是要椅子换椅子。这椅子一路磕碰,带出不小的动静。宋良信的眉头皱起来,同学们纷纷回头张望,莫云暗自有了一丝快感。石磊没有玩什么花样,抱着自己的书包坐到新座位上了。

众目睽睽之下两个空位填充上了,重新空出来的是两个最靠后靠角落的位置。宋良信走到劳动委员田小乐的身边拍拍他的肩膀说,把空出来的桌子扛到教工俱乐部去。田小乐站起来,高出宋良信一个头。他大步流星地走到教室后排,双手举起桌子。桌子在后排同学的头上扫了一遍,像乌云压顶,从后门出去了。整个教室重新饱满起来，宋良信满意地扫描一遍全班同学，青春痘、眼镜片、长头发、苍白发青的脸蛋，这通通是他手下的兵，他正要带领他们打一场恶战。宋良信说，同学们，还有三个多月，准确地说是一百零七天，你们要在这最后的一百零七天里冲刺拼搏，要靠自己的真本领，不要有幻想，不要当逃兵。

同学们都明白，宋良信说的逃兵是赵冰梅和黄正壮。这两个同学学习一贯稀疏松散，高考对他们来说考也是白考。好在两人家里有钱，找了中介，联系好了把他们送出国去。听说弄出去一下子就花了十来万，以后每一年还得花这么多。

莫云放学回家，刘日莲正在做饭。刘日莲听到莫云把自行车扛上楼道的声音，头从厨房的窗户探出去说，回来了？莫云照例是不用嘴回答的，脚步咚咚地跑在楼道上算是回答了。莫云的家很小，房子有些年代了，一房一厅，厨房和卫生间是隔着走廊的。刘日莲和莫贵把卧室让给女儿住，两人住客厅，他们睡的是一张弹簧床，平时节省空间把床折叠起来靠在屋角。

房门开着，莫云径直走进自己的房间，看都没看坐在小客厅看报纸的莫贵一眼。莫贵的目光追随莫云,目光被关上的门打了回来,莫贵便又低头看报纸了。

卧室是暗黄的,光线被窗外两棵枝繁叶茂的大榕树吃掉了。即使在夏天,莫云进来背还是有点发凉。莫云把书包摔到床上,人也摔到床上呼呼喘气。躺了一会儿她翻身从书包里抽出几张试卷。这是第一次模拟考的试卷。宋良信已经根据这次考试的成绩给同学们划分了几个阶层,有的保重点,有的冲重点,有的是保本科,有的是争取有书读……宋良信分别找班上的同学来谈话。莫云是属于保本科这个阶层的。宋良信跟莫云说,莫云,你是有希望的,我记得以前你曾经在班里排到二十六名,这说明你是有潜力的。还有三个月,在这三个月里扎扎实实地复习,下苦功,我相信你能考上大学。你的家庭情况比不了其他同学,你应该比其他人更努力,改变命运要靠自己……如果宋良信没有扯到莫云的家庭情况,莫云的眼泪不会流下来,宋良信看到莫云的眼泪下来了,以为说到点子上了,越发往这方面扩展,于是,莫云的眼泪更像珠帘一串串往下坠了。

笃——笃——笃——刘日莲敲卧室的门说,吃饭了。莫云恨恨地从床上跳起来,拉开门对着刘日莲油腻的黄脸喊,吃吃吃,你除了吃还会说别的吗?

刘日莲吃惊地站在门外,几根蓬乱的头发被女儿嘴里喷出的粗气吹到额头上。她看着女儿怒气冲冲的脸,伸出手去摸说,怎么了? 莫云把头偏开,矮身从刘日莲的腋窝底下钻出去。刘日莲的身上有一股子鱼腥味,莫云想今天吃鱼了。

莫云最爱吃的五柳鱼摆在饭桌上,她固定的位置跟前。鱼不大,配料占了上风。莫贵和刘日莲的面前是一碟酸菜和一碗南瓜。自从莫云上了高三,她的菜就是专门准备的,就她一个人吃。一开始莫云不同意父母这样干,说我不要你们搞特殊。刘日莲说,乖女儿,我们不给你专门做,我们和你一起吃。话是这样说,放在莫云跟前的菜他们两口子从来不动。日子久了,莫云也就习惯了。

莫云坐到饭桌边,拿起碗迅速刨两口饭算是开场白,然后举起筷子戳向鱼眼睛。根据莫家一贯的说法,吃什么地方就补什么地方,从小莫云吃鱼就先吃鱼眼睛。莫贵在莫云开始吃鱼的时候教了她一个成语——鱼目混珠。莫贵文化程度不高,但他知道这个成语。他说这个成语说明鱼眼睛是很有用的东西,基本上可以充当珍珠。

刘日莲和莫贵小心翼翼地看女儿的脸，莫云专心对付放在她面前的鱼。她把鱼眼睛挖空，接着吸透明稀糊的鱼脑，呼哧呼哧的声音听起来让人放心，刚才的火气来无影去无踪。莫云很快把桌上一整条鱼吃光了，一堆零碎的骨头堆盘子里。莫云擦了一把嘴说，爸妈，明天我们要交补课费，补三门课，每门二百五十元。

刘日莲心算了一下，三个二百五十元，那就是七百五十元了，心隐隐疼了，忍不住说，怎么又要交钱，不是刚交了几百吗？

莫云说，前次交的是资料费，这次交的补课费。不交也行，反正那些课我也不想补，没意思。

刘日莲最怕莫云说这种话，最近几个月，她已经听莫云说了不下十次没意思，干什么都没意思。刘日莲私下和莫贵交流过了，莫云一定是思想压力太大了，做父母的不能再给她压力了，搞不好她会想不开。

刘日莲说，吃完饭我去取钱。

莫云说，妈，我们家到底有多少存款？

刘日莲愣了，看了莫贵一眼。莫贵装作听不见。刘日莲只好说，你问这个干什么？

莫云说我想知道你们辛苦一辈子攒了多少钱。

刘日莲说，这要问你爸，存折都是他拿的。

莫贵咳了一声,清清嗓子说,我和你妈供你读书,还要给老家的奶奶伯伯们寄钱,没有攒下什么钱。但我保证,你只要考上大学,我和你妈妈一定供好你。

莫云嘴里喷了一声说,这算什么,供我上学是你们的义务。

莫贵脖子迅速涨红变粗了,拍下手中的两根筷子,其中一根被弹飞到桌底下。莫贵说,你怎么能这样说话,谁说这是我们的义务,我们的义务是把你养到十八岁,外国的孩子上大学都是靠自己挣钱过日子的。

莫云说,瞎扯吧,你又没有去过国外你怎么知道?如果你们有本事把我送到国外我也可以养活我自己。

我们是欠了你的还是怎么了,不像话。我们做父母的让你吃好的,住好的,难道还欠你的吗?白眼狼!刘日莲一直瞪着莫贵,莫贵箭在弦上不得不发,还是忍不住把火全发出来了。

谁让你们把好的让给我,我不稀罕,你们有本事就该自己也享受好的,抠抠巴巴的你们以为我好受吗?莫云扔下筷子跑回房里,砰地把门关上。

莫云躺到床上,泪水溢出眼眶,没意思,这样的生活太没意思了。这一年来这种感觉越来越强烈,她想也许是自己长大了，见识多了，会想事情了。她去过很多同学的家，没有看到谁家在客厅里摆睡床的，客厅是待客、吃饭或休闲用的，不是用来睡觉的。还有，谁家还在乎一条鱼呢？她吃鱼，父母就吃素，这不是给她压力吗？每次问父母要钱，他们都不痛快，超过二十块钱就说要到银行里去取，这抠巴到什么程度了？莫云越想越委屈，泪眼模糊地环顾自己的闺房，屋子里好像没有什么东西是新的，衣橱是楼上的邻居搬家时淘汰的，电风扇是刘日莲捡来的，床垫是街头的赵阿姨送的。赵阿姨说医生不让她再睡软床垫了，对腰骨不好。好了，人家不要的，莫云家都能接受。别人哪有这么好心，大家都知道刘日莲是个扫大街的，把扫大街的当作拾垃圾的了。这也怪刘日莲，扫大街就好好地扫，她扫了不算，还拾掇了一大堆在她看来用得着的东西，这些东西就堆在楼道里。莫云经常听到上楼的邻居对这些破东西嘀嘀咕咕。

家里的空气始终是混浊的。破旧的家具散发出古怪的味道，它们来自不同的地方，拥有不同的气味。莫贵作为一个发行工，每天要出几身臭汗，可偏不爱洗澡，一件件汗衫的两个腋窝处跟抹了黄泥似的。只要他待在家里，家里就有一股挥之不去的汗酸味和脚臭味。刘日莲的垃圾味加上莫贵的酸臭味，够了。每天生活在这样的空气中，莫云觉得她身上也有气味了，有一天，会有同学忍不住说，莫云，你真臭，你是不是从垃圾堆里爬出来的？那一天迟早会落到她头上来的。

莫云曾经用攒下来的压岁钱到花鸟市场买了一棵小桂花树。桂花树矮矮小小，但是挂满了小黄花。莫云把鼻子凑上那些淡黄色的小花，一股蜜糖的清香冲进她的鼻、她的肺。莫云兴奋地把花盆捧回来放到卧室的书桌上，她的整个房间清香四溢，当晚莫云也做了一个清香四溢的梦。早晨上学，她仿佛脚下生风，把自行车踩得呼呼响。

但是，花很快谢了，树叶子跟着渐渐黄了。莫云捧着花盆跑回花鸟市场找卖花的人。卖花人询问了几句就说，你怎么能把花放在房间里呢？桂花虽然喜欢阴凉，但怕人气，人气重它就活不了。莫云讨好地说，叔叔，你经验丰富，把花带回去养一养，过一段时间它可能又活过来了。卖花人摇摇头。莫云把花盆放到卖花人的脚边，和其他花盆放到一起说，这花我不要了，你一定要救活它。说完她转身钻进人群里。卖花人见小姑娘跑了，拿起那盆花端详了一会儿，还是摇摇头。

莫云挤在人群里，用手拨开前面的人，走得飞快，不时踩中别人的脚撞到别人的肩,引来怨言一片。她可不管这么多,现在天底下最委屈的人是她。人气是什么,不就是莫贵和刘日莲的气味,家里的垃圾味吗?有一天,我也会被熏死的,莫云想。

莫云和杜薇薇是好朋友。她去过杜薇薇的家。杜薇薇的家有两房一厅,不是很大,但收拾得非常整洁,一进门就能闻到一股香气。莫云说,小薇,你家好香。

杜薇薇说,是吗?可能是花瓶里的花香吧,也可能是我妈洒的香水。我妈可臭美了,每天上班都要化妆,还洒香水。

在杜薇薇的家里,一篮水果放在桌上,橱柜里有饼干,冰箱里还有冰激凌,想吃什么随便吃。

杜薇薇的妈妈下班回来了。杜妈妈的脸打了白白的粉,画了红红的唇,身上香香的。杜薇薇冲莫云眨眨眼,意思说这就是我那爱臭美的妈。

杜妈妈留莫云吃饭。干净漂亮的杜妈妈坐到餐桌前,给每个人倒了一杯果汁,然后端出几碟菜。杜妈妈说,没什么菜,我懒得做饭,叫了外卖。莫云特别喜欢这句,我懒得做了。懒得做就买呗,就这么简单。不像刘日莲,一大早扫完街,累得半死,嘴里喊腰疼,仍然手撑着腰熬粥做早餐。莫云馋外边的早餐,摊上的米粉、油条豆浆都比家里的稀饭好吃。刘日莲说外边的东西不卫生,没有营养,放的都是味精,一点也比不上白米稀饭养人。哼,这根本就是省钱的借口。莫云想着自家的委屈眼里又蒙了一层雾。杜妈妈看莫云情绪突然低落,问,小云,怎么了?莫云赶紧挤出一个笑说,东西太好吃了,我咬着自己的舌头了。杜薇薇和杜妈妈都笑了。

杜爸爸是一个小公务员,杜妈妈在机场搞地勤,他们都是一般的老百姓,可人家的日子过得舒舒服服。如此看来,赵冰梅和黄正壮同学家里的日子不知道要好到什么份儿上了,听说他们的父母是大款,钱多得不得了。

刘日莲是环卫工人,扫大街的。她每天凌晨三四点钟起床,七点钟收工,下午六点上班,八点下班。客厅里挂了一幅奖状,上面写着:宁愿一人脏,换来万人洁,奖给城市美容师刘日莲同志。

莫贵给一家报社派送报纸,也是凌晨四点多上班,大约八点多钟收工回家。

尽管父母的手脚放得很轻,莫云还是会在他们上班出门的时候醒来。莫云脑子醒来了身体不愿醒,躺在床上想事情。她脑子里想的东西可真不着边际，像天上风吹云，从这边吹到那边，从那边吹到这边——

如果我有电脑，有家庭教师，有一间香喷喷的房间，我的成绩会比现在好，我一定会考上大学。即使我考不上，如果爸爸妈妈有能耐，也用不着我担心什么，他们可以走关系，可以掏钱让我读自费，甚至送我出国。杜薇薇就说，如果她考不上，她妈妈的单位可以给她委培，毕业以后她直接进她妈妈的单位上班。

如果妈妈在扫大街的时候捡到一件价值连城的古董该有多好啊！如果外公突然带一大笔钱回来认亲该有多好啊！听妈妈说，三十多年前，外公带着全家的积蓄到外地做生意，一去不复返，谁也不知道他是死了还是跑什么地方去了。外公也许是在外地发了大财，另外娶了老婆不愿回来了。现在三十多年过去，他人老了，难免想落叶归根。也没准外公当年偷渡出国了，这更好，我有海外关系了。

如果我的爸爸妈妈是干部，是大款，是大学教授该多好啊！

如果我不是莫贵和刘日莲亲生的孩子该有多好啊！这个念头出来，莫云完全清醒了，一呼啦坐起来。她望着窗外，窗外的天灰蒙蒙的，榕树的轮廓已经看得很清楚了。

是啊,我怎么从来没有想过我不是莫贵和刘日莲亲生的孩子呢?刘日莲每天早上出门这么早,很多弃婴就是被人放到街头,让扫大街的人先发现的。再说了,我长得不像莫贵,也不像刘日莲,我比他们漂亮多了。莫贵鼻子大,嘴唇厚,眼睛鼓。刘日莲小鼻子小眼,成天一副没睡醒的样子。他俩的皮肤都跟糠皮似的,又黑又粗。瞧瞧我的皮肤,又白又细,眼睛不大不小,双眼皮,眉毛浓浓的,鼻子挺挺的,嘴唇像玫瑰花瓣一样鲜艳。我和他们走一块儿,碰到熟人,经常会从别人的口里听到,这是你们的小孩?长得很漂亮。

为什么我家里从来没有亲戚来过,莫贵说老家有奶奶伯父,但我一个也没见过,他一定怕他们到家里来泄露了秘密,所以不让他们来。还有我的名字为什么叫"莫云",上语文课的时候老师说了,莫云就是不说,有什么是不能说的?除非那是一个秘密。

莫贵啊,你的嘴巴真是严,你喝了酒爱乱说话,可从来没在这事上吐过一句。刘日莲啊,你还是个先进工作者,别人都说你老实肯干,你心里头还有这番不可告人的事情,一瞒就是十八年。

莫云为自己的新发现激动得两手抓出了汗。坐在床边久了,她连续打了几个喷嚏。她跳下床把灯打开,坐到书桌前,从抽屉里掏出笔和笔记本,打算把要做的事情列一列,理一理。她下笔有力,唰唰写出几个大字——第一点,找证据;第二点,找亲生父母。

莫云手撑下巴发呆,如果证实了我不是莫贵和刘日莲的孩子,我立马去找我的亲生父母。也许他们是很有身份地位的人,当初为了名誉不得不把我扔掉,现在十几年过去了,他们应该有认我的能力了。他们有钱又有名气,住在漂亮的房子里,他们什么也不缺,就缺一个孩子……莫云想到这儿都快笑出来了。

外屋的房门有钥匙转动的声响,莫云看桌上的钟已经走过七点,刘日莲回来了。她赶紧把笔记本合上扔进抽屉里站起来,突然一阵头重脚轻,地板晃了晃,嘴里不禁叫了一声"妈——",人跌坐到椅子上。刘日莲在门外听到莫云的叫喊,急急开门跑进来,看到莫云穿着个小背心趴在桌上。

刘日莲说,怎么了?

莫云虚弱地说,我头晕。

刘日莲伸手探了探莫云的额头,滚烫滚烫的。刘日莲说,穿这么少,着凉了,你赶快上床躺着,我给你买药去。刘日莲把莫云搀到床上。莫云闭着眼睛想,我怎么感冒了，我不要感冒，我要去找我的亲生父母，一天也不能耽搁。

莫云是感冒发烧一块儿来，这一烧让她在床上躺了三天。刘日莲请假在家里看着。莫云从小没得过什么大病，这次发烧算是狠的了，整晚说胡话，爸妈的喊个不停，刘日莲根本没合过眼。莫贵还是睡得着，头一挨枕头就打呼噜。刘日莲一听呼噜声就骂，死鬼，这时候还睡得着，女儿不是你亲生的？被骂醒的莫贵总是一脸惭愧说，我不睡莫云的烧也不会马上退，我是在养精蓄锐，卧薪尝胆，有什么要干的你吩咐就是了。

莫云逐渐清醒过来，第一眼就看到刘日莲。刘日莲的眼睛红肿，本来就小的眼睛现在几乎只剩一条缝了。刘日莲见莫云清醒了，赶紧把头凑上去问，醒了？想吃什么，五柳鱼？莫云一听到鱼字就好像闻到了鱼腥味，喉咙里咕噜着一阵干恶，摇头说我不吃。

刘日莲为难地皱起眉头说，鱼都不想吃了，那还能吃什么呢？

莫云说，我什么都不想吃。妈，你告诉我，我是几点生的，在哪个医院生的，爸当时在干什么？莫云声音沙哑，听起来很吓人。

刘日莲说，哟，怎么想起问这些怪问题，梦到什么不干净的东西了?

莫云坐起来说,别打岔,你是不是记不住了?

刘日莲说,胡说,你是从我身上掉下来的肉,在哪儿掉的我能不清楚?人民医院!我一辈子没遭过那份罪,大热的天,我住的是大病房,没有空调,肚子绞痛,那汗流得跟水一样,可以把我漂起来了。你爸那个时候不知道跑哪里去了,该用他的时候总是找不到人。好在你蒋阿姨一直守在我身边,我折腾了十几个小时才把你生下来……

莫云说,蒋阿姨一直陪着你?

刘日莲说,是啊,这十几年来,我对小蒋最好,念的就是这份情。

蒋阿姨是刘日莲的同事,经常上家里来,一见莫云就伸手揪莫云的脸,把莫云脸上的皮肉拉得长长的,疼得莫云哇哇叫。小时候因为有糖果为诱饵,莫云就让她揪了,现在大了谁稀罕那几颗糖,不但脸不让她揪了,招呼都懒得打。蒋阿姨说,莫云大了,脾气也大了,不过我这个做婆婆的是不嫌弃的。

莫云最恨听这个。刘日莲和蒋阿姨早些年经常开玩笑说,等两家的孩子长大了对亲家。蒋阿姨有个儿子叫廖恩喜,比莫云大一岁,小时候廖恩喜经常跟莫云在一起玩耍。廖恩喜去年刚考上本地的师范大学，蒋阿姨说话的口气更壮了些。莫云一点也不喜欢廖恩喜。廖恩喜人长得瘦瘦小小的，说话也是小声小气的，一点没有男子汉的味道。莫云喜欢的是男子汉。

从刘日莲的嘴里，莫云总算挖出一些料，她决定先找蒋阿姨打听打听，看她和刘日莲的说法有没有出入后，再到人民医院去查一查她的出生证明。

蒋阿姨住得不是很远，离莫云家走路要二十来分钟，因为没有公共汽车直达，莫云就走路去了。

到了蒋阿姨楼下，莫云有意无意地抬起头往上看，廖恩喜在楼上的阳台上晃。她想起今天是周末，廖恩喜从学校回家了，心里就有些不爽。小时候她和廖恩喜是玩伴，如今大了，好像没什么可说的。莫云不但不喜欢廖恩喜的长相，还不喜欢廖恩喜的举止。她发现廖恩喜总是偷看她，她反过来盯着他看的时候，他又做出一本正经的样子。莫云特别看不起这种行为，看就大胆地看，有什么话就敞开来说，都是成年人了，鬼鬼祟祟的，一点不像个男人。

莫云敲开蒋阿姨家的门，开门的是廖恩喜。莫云头往里探说，你妈呢？

廖恩喜说，她出去买菜了。

莫云说，那我晚上再来吧。话是这样说，莫云的身子没有向后转，来一趟不容易，她不想一无所获。

廖恩喜说，她已经去了很久，马上就回来了。我开电视给你看，你边看边等。

莫云想也只能这样了，进屋坐沙发上。廖恩喜给她倒了一杯开水说，你现在复习得怎么样了？

莫云说，不怎么样。

廖恩喜说，最后三个月很关键，只要认真复习不会有问题的。

莫云听不得别人跟她说高考的事，在学校老师天天说时时说还不够烦吗？莫云嘟哝了一句烦人。

廖恩喜没听见，继续说，你考前那个星期一定要彻底放松，想看电视就看电视，想逛街就逛街，千万不要再看书，看也没用了……

不就是考上个本科吗，哪来这么多经验之谈？要谈经验应当是张扬那样的人来谈。莫云用遥控器把电视机的音量调大，把廖恩喜的声音压住。

这学期刚开学，宋良信把他以前的一个学生，也是他最得意经常挂在口边的学生张扬请来，给同学们做报告以鼓舞斗志。张扬当年考上了清华大学，后来出国留学,现在回国发展,在本市开了一家电脑公司,把生意做到家乡来了。张扬前段时间还给母校赠送了八台电脑。

刚好三十岁的张扬在莫云眼里是个英俊的大哥哥。班里的很多女生说张扬长得像金城武,莫云觉得张扬要比金城武长得帅。张扬穿着一件黑麻料短袖衬衫,宽松柔软的衣服里隐约着一具魁梧的身体。他眼睛很大,鼻梁笔直,嘴唇偏薄却很红润。他的皮肤不白,是一种均匀的棕黄,笑起来两排牙齿白白亮亮。手腕上有块方方大大的手表,手一挥说不出的气派。

女生们都把这场报告会当成明星见面会了。张扬做完报告有一段自由提问的时间,女生们哗地把手举成一片树林。杜薇薇站起来,把手举得比所有人都高,宋良信不得不把提问的话筒交到杜薇薇的手上。宋良信不喜欢杜薇薇。杜薇薇学习不好,成天把自己打扮得花枝招展的,还经常带些时尚杂志和小说到班上传看,宋良信没收过好几回。宋良信还听说杜薇薇和一些社会青年交往甚密,有早恋倾向,他已经布了眼线,但暂时没有拿到有力的证据。

杜薇薇果然问了一个宋良信不喜欢的问题,张扬哥哥,您结婚了吗,您觉得事业重要还是家庭重要?宋良信坐在一旁脸色阴沉。莫云虽然没有举手提问，但她很佩服杜薇薇能问出这样的问题，她也非常想听张扬要怎样来回答。

张扬微微一笑，两道笑纹从鼻翼连向嘴角。张扬说，我没有结婚，目前我还是觉得工作重要。从我踏进学校大门的第一天，我认为我要把书读好；当我走上工作岗位的时候，我又觉得我要把工作做好，做到完美。现在，虽然到了该成家的年龄，但我觉得还有很多理想没有实现，还不能为家庭分心，我不能确定我能把家庭照顾好，所以我选择不结婚。

宋良信满意地笑了。女生们发出轻微的叹息，这么帅的一个师兄竟然是个工作狂，真没劲。杜薇薇脸上也悻悻的，显然不满意张扬的回答。杜薇薇不喜欢，莫云喜欢。莫云觉得张扬的回答更显出他的个性，他越不近人情，他越完美。

报告会结束后，同学们纷纷跑上讲台索要张扬的地址和联系电话，莫云也拿了笔记本挤到张扬的身边。张扬说大家不要挤，不要挤。张扬接过一个本子，他拿的第一个本子正好是莫云的，莫云的心扑通一跳，这一定是他对我的照顾，虽然他现在不看我，但他早看清楚我。

张扬从衬衣口袋里拔出一支金笔,唰唰唰儿下写好了。金笔像蛇一样行走,张扬的脸一半在阳光中,一半落在阴影里,像一座雕像。莫云叹息,他真的很完美。

莫云心里想着张扬,对廖恩喜的话充耳不闻。她脸上带着一丝笑,手里拿着遥控器胡乱调着频道,电视机的声音已经大得震人耳膜。

廖恩喜蹲到莫云跟前说,你有没有听我说话!

莫云吓了一跳,从云端掉到地上,脸一下涨红了,她觉得廖恩喜窥见了她的失态,赶紧扔出一句话自卫,廖恩喜,你到底有多高?

问题提得突然,廖恩喜张了张嘴想把答案吐出来,又觉得不妥,他对这个问题一贯敏感。但他摸不准莫云的意思,也许只是问一问,没有坏念头。廖恩喜最终还是在莫云的眼里发现了一丝嘲笑,血一下涌到脸上,甩手站起来咚咚跑到阳台上了。

莫云落得耳根清净,好脾气地看电视等蒋阿姨。喝了两杯水的工夫,蒋阿姨回来了。蒋阿姨打开门看见莫云嚷起来,莫云啊,怎么有空过来玩?正好,在我们家吃午饭。恩喜呢?真是的,把客人一个人留在客厅里。

莫云看蒋阿姨手上提了七八只袋子,上前帮她把东西提进厨房。蒋阿姨说,时间不早了,莫云,你帮我打下手,我们快点把饭做好。

蒋阿姨淘米,莫云择菜。蒋阿姨又问,莫云,刚才你没告诉我上我们家来有什么事?

莫云说,我来问廖恩喜要他以前考过的模拟考试题,拿回去参考参考。

蒋阿姨说,那你找他问去,这里不用你。

莫云说,我已经问过了,等你回来是想蹭一顿饭。

蒋阿姨说,以后想来就来,我做饭的手艺比你妈强多了。

莫云说,昨天我和我妈还说到你呢,我妈一直夸你。

蒋阿姨说,说我什么了?

我妈说她生我的时候,你一直守在她身边,我刚落地你就抱过我了。

蒋阿姨,你妈说得一点没错,那会儿我比自己生孩子还着急呢。你妈生你不容易,差点要剖腹产,折腾了十几个小时才生下来……

蒋阿姨絮絮叨叨,和刘日莲说的八九不离十,莫云情绪渐渐低落,扔下手中的菜说,蒋阿姨,我差点忘了,我还约了同学去书店,我得赶快去。

蒋阿姨说，马上就吃饭了，给你同学打个电话，吃了饭再去。

莫云说，不行，我得马上去。话说完，莫云生怕蒋阿姨再留她，头也不回直往客厅，拉开门跑出去，砰地又把门关上。

蒋阿姨追了两步，听到大门关上的声音住了脚，嘴里说，这孩子的性子怎么这么急。

莫云一口气跑下楼，在楼下走了几步突然想起廖恩喜应该还在阳台上站着。她猛地抬头往上看，果然，廖恩喜正扒着阳台的栏杆看她。莫云恨恨地瞪了廖恩喜一眼，这眼神廖恩喜未必看得清楚，但他知道被发现了，人一下缩进阳台去。莫云哼地冷笑一声，骂了一句——变态。

耳听为虚，眼见为实，莫云要查自己的出生证明。

莫云来到人民医院，找到档案室。管档案的是个老头，长得慈眉善目。莫云本来心里有点惴惴的，看到这么一张脸，心情舒畅不少，甜甜地喊了一声大伯。

大伯应了一声，有什么事吗？

莫云说，我想查一查我的出生档案。

大伯的慈眉竖起来，仔细打量莫云，查档案？你几岁了?

莫云的心又往下坠了,过两个月满十八。

我们的档案是不能随便查的,要有公安部门开的证明才能查,你开了证明吗? 老头瞪着莫云说。

莫云摇摇头。

那可不行,你走吧。老头手往外挥,做了个驱赶的动作。

这位大伯光长了一副慈眉善目的长相,其实一点也不友好。莫云是受不了委屈的,再联想自己身世不明,自哀自怜,禁不住哭出声来,两只手在眼睛上来回抹。

老头急了,从椅子上站起来说,你哭什么,哭也没办法。

莫云从书包里掏出自己的学生证递过去,让老头看了,又掏出几张试卷也让老头看了。莫云说,大伯,我还有两个多月就要高考了。我以前的学习成绩很好,可现在你看,我的成绩不好。你知道为什么吗? 因为我刚刚听别人说,我的父母不是我的亲生父母。我每天晚上都睡不着觉,如果弄不明白这个问题,我会继续失眠,我会考不上大学,我——我还想去死算了。莫云心一横,把最后一句狠话说出来,她现在什么都顾不上了。

　　老头被莫云的话吓了一跳，先前看她年纪小，想把她打发走就算了，没想到这里面还有这么曲折的故事。人心都是肉长的，老头扯了一张纸巾让莫云抹眼泪，又递给莫云一张白纸说，把你和你父母的名字写下来。莫云一听事情有转机，赶紧捉起笔把自己的名字和父母的名字写出来递给老头。

　　以前的档案全部存在电脑里了，老头几分钟就把资料查出来。上面的内容齐全，除了莫贵刘日莲的工作单位，莫云的出生年月日，还有莫云出生时的体重血型等内容。老头看了档案替莫云先松了一口气说，小姑娘，回家好好睡一觉吧，你是你父母亲生的，一点没错。以后不要再听别人的胡话，把自己的前程给耽误了。

　　莫云听了结果一点也不高兴，又趴到窗户边问，大伯，我听说医院里护士有时会把孩子抱错，把这家的孩子抱到另一家去了，我会不会被抱错了呢？

　　老头目瞪口呆，喂，姑娘，你到底是想证实你是你父母亲生的呢，还是想证实不是他们亲生的？

　　莫云被击中要害，脸比死猪肝还要死红，不敢再吭一声，低头跑离档案室。

莫云在回家的路上碰到石磊和几位同学。石磊穿着大T恤,沙滩裤,还很烧包地戴了一副绿光闪闪的太阳镜,看上去像一只绿头大苍蝇。石磊把自行车挡到莫云跟前说,莫云,去不去游泳?

莫云现在是一点心情都没有,随口问了句,到哪儿去游?

有同学讨好石磊,抢着回答,到石磊他爸的明园饭店去游。

明园饭店是本市有名的五星级大酒店,石磊的爸爸在明园饭店做副总经理。莫云早听说里面有一个高档的游泳池,必须是住店的客人或是明园俱乐部的成员才能在里面游泳。石磊凭他爸爸的特权,时不时带同学们去玩。

莫云看每个同学都背了一个时髦的小包,里面不用说肯定装备齐全,泳衣、防水镜、防晒霜、浴巾、泳帽等是少不了的。莫云可从来没有过一件泳衣呢。莫云说,我不去了,我不会游。

一个女同学上前拽了莫云一把说,一块儿去吧,我也不会游。

莫云脑子乱乱的,没什么主张,懒懒地说,我当观众,去看你们游吧。

石磊的爸爸一身西装革履,特地在泳池的门口等着,见了石磊和同学们脸上堆了笑,笑容和他身上的西装一样熨帖。石磊的爸爸掏出名片递给每个同学说,同学们好,谢谢你们在学校对石磊的帮助,有什么叔叔能帮上忙的就打电话。我已经叫服务员安排好了,你们好好玩吧。

石磊说谢谢爸爸,骄傲地带领一群同学拥入泳池。莫云把名片收好,想这就是别人的爸爸,总能给自己的孩子挣脸面。

泳池是露天的,有两个池子,大的深,小的浅,小的主要是给小孩和初学者用的。泳池周围是树木花草,树木给了泳池旁边的椅子几片阴凉,莫云选了一处坐下。一池水清澈见底,在阳光下闪烁着湛蓝色的光芒,阳光还把动荡的水纹映到人的脸上,那些水纹像鱼鳞,每个人都变成了一条鱼。莫云看见这池水身子莫名其妙地燥热起来,感觉身上污秽得很,很想下去游一游,凉快凉快。她有点后悔跟石磊他们到这儿来了,现在她是一条在沙滩上晒太阳的鱼。

一群少年入水了,在水里扎猛子,翻跟斗,一池水被搅得沸腾起来。两个女同学把自己发育得很好的胸部埋在水里,站着的时候弓着背。男同学们不放过她们，游过她们身边时故意拍打起高高的浪花，让她们的眼睛吃了水，耳朵吃了水。女同学站起来，用手打浪花奋力反击，再顾不上护短，白生生的肉在水里跳动。莫云看得眼红，暗自骂了句，不要脸。几滴水溅到她的脸上，莫云像被针刺一样打了个冷战，她摸了一把脸，发现自己的脸颊热得像火炭。

四五对高鼻子蓝眼睛的老外夫妇推着婴儿车进入泳池，莫云的注意力一下被他们吸引过去了。老外在明园饭店这地方出入不奇怪，莫云奇怪的是婴儿车里坐的全是黑头发黑眼睛的中国孩子。一个胖得像麻袋的女老外，撅着两条胖腿，把小孩从婴儿车里抱出来，用极其糯软的声音，逗弄孩子，吻孩子的脸，看上去对孩子爱得要命。其他老外也纷纷把小孩子抱出车子，给他们换上小泳衣，做好下水的准备。

莫云知道盯着老外看是不礼貌的，但她忍不住，她的眼睛一点也移不开。难道波斯猫会生出小狗仔，大白鹅能生出小花鸭？石磊游上岸，坐到莫云身边喊，莫云，莫云。连喊了几声莫云扭转头。莫云迫不及待地向石磊发布新闻，石磊，你快看那边，那些老外带的孩子和中国小孩长得一样。

石磊说，长得像？呵，本来就是中国的小孩。这些老外是没有孩子或不愿要孩子的,他们专门到中国的福利院来收养小孩。

莫云说,他们为什么不收养自己国家的孩子?

石磊说,我也这样问过我爸,我爸说人家老外看我们中国的孩子都觉得像天使,特别喜欢。

这些小孩子真幸福,一下子就变成外国人了。莫云问,这些老外就收养小娃娃吗?

石磊说,那当然了,谁愿意收养大孩子,像我们这样的,还会和他们亲吗?

天气越来越热。南方夏天的热不仅从天上来,还从湿地上来,两头把人夹在中间,像孵蛋一样捂着。莫云每天骑自行车上学,隔着太阳帽,太阳照样能把头发烤黄,脸皮烧黑。刘海儿成天湿漉漉地粘在额头上,密密麻麻的红痘痘从额头冒出来,从下巴冒出来。莫云每天至少要在镜子跟前滞留十几分钟,面对一张繁星点点的脸,她恨不得把一层脸皮都揭下来。

刘日莲到市场上买回新鲜的草药,像金钱草、雷公根、鱼腥草一类祛毒败火的,放在瓦罐里煲汤,让莫云当开水带到学校喝。莫云嫌味道古怪不愿喝。刘日莲说,喝几天你脸上那些东西就下去了。这话能说动莫云,莫云乖乖把草药汤装到瓶子里带到学校喝,喝了些日子,脸上的痘子果然少了些。

莫云回家和父母没什么话说,除了吃饭的时间大家坐到一块儿,其他时间她基本上待在自己的卧室里。莫贵和刘日莲都当莫云是在用功。莫云其实没有多用功,课本摊在桌上,笔拿在手里,她脑子想的是其他事情,不想事的时候就想上床睡觉,反正她一点也不愿意碰课本和复习资料。

第二次模拟考的成绩出来了,莫云的成绩仍然没上本科线。宋良信又一个一个同学找来谈话,话语和第一次一样语重心长,只是此时的莫云已经没有什么感觉了。

莫云认为她的前途早成定局,这么个破结局她为什么还要受苦呢?晚上的自习莫云都计划不去了。莫云去跟宋良信请假说,我妈妈病了,我爸爸要上夜班,我要留在家里照顾妈妈。

宋良信说,学习是最重要的,但你妈妈—— 也是重要的,好吧,你在家好好自习,学习主要是靠自觉,不要把功课耽误了。

晚上,莫云按照平时上晚自习的时间离开家。头几天,她逛了南湖公园、朝阳花园、新华书店、中山路大排档。这些地方逛一次就够了,走得还怪累人的。莫云想找一个比较固定的活动场所,她想起蓝洋网吧,杜薇薇带她去过几次,那倒是一个好去处。

蓝洋网吧在一条比较偏僻的巷子里。虽然偏僻,来得晚也经常没座。隔着老远,莫云看到蓝洋网吧前停满了自行车和摩托车,莫云暗暗祷告还有空位留着。走到跟前,一个光头的小帅哥守在门口,莫云招呼了一声大洋哥。她听杜薇薇以前就是这么叫的。光头看了莫云一眼,满脸疑惑,他没把莫云认出来。莫云说,我是杜薇薇的同学。光头的表情立刻生动了,笑着说,想起来了,你和小薇来过,好久没见着小薇了,打电话也找不到她,她都在忙些什么?

莫云说,快高考了,她忙着啃书本呗。

大洋哥说,你好像挺轻松的,还有时间来上网?

莫云说,哦,我和她不一样,我是保送生,不用参加高考,早脱离苦海了。莫云脸不红心不跳,一串鬼话像水一样流出来。

大洋哥说,不错,不错,祝贺你。你进去吧,里面还有几个空位。

莫云兜里没几块钱,以前杜薇薇带她来都是免费的。她硬着头皮说,大洋哥,你能不能给我打个折,我没带够钱。

大洋哥哈哈笑了,挠挠光头说,没问题,小薇的同学我一定优惠,给你打六折,怎么样?

莫云心里乐了,连说谢谢,谢谢。

莫云进网吧找了一张台坐下,上网先看了一会儿八卦新闻,再跟几个网友聊天,一次和几个人同时开聊,几乎忙不过来。时间过得很快,鼠标挪一挪一两个小时就过了。下自习的时间一到,莫云准时下线回家。

白天上课的时候碰到杜薇薇,莫云怕大洋哥跟她说起自己到网吧上网的事,故意问了一句,小薇,你最近还去蓝洋网吧吗?

杜薇薇说,早不去了,我爸给我买了电脑,我在家里上网。

莫云说,以前你说过网吧网速快,上网比在家里过瘾。

杜薇薇把染得红红的十根指头伸出来,亮给莫云看了一眼说,其实,以前我上网吧是想见大洋哥,现在我懒得去,是不想见他。

莫云说,我看人家对你挺好的,每次你去都不收钱。

杜薇薇说,我知道他对我好,我以前也挺喜欢他的,可现在事情有了变化。

178

莫云说,小薇,你不会闹早恋吧?好多同学问我你有没有这回事,我都是打包票说你没有的哦。

杜薇薇嘻嘻笑着说,这可说不准,你千万不要给我打包票。

其实,上网的时候,莫云最想做的一件事是给张扬写信,跟张扬说说她的遭遇,她的郁闷,她相信张扬能理解她的委屈和无奈。张扬给她留的电子信箱地址她早烂熟在胸了,但是,信写好了她不敢发出去,写了一封又一封,有一次她甚至点了发送键,又手忙脚乱地把整个网页关闭了。

他那么完美,我不要让他知道我是一个灰姑娘,而不是一个公主,不然,我将来怎么见他呢?就是这个想法让莫云一次次放弃了发信。

大洋哥虽然给莫云打了六折,莫云手头上的钱还是很快花光了。在回家的路上她盘算着怎么跟爸妈要钱,妈妈手上的钱一分分抠着用在实处,连像饼干屑那么小的碎片都很难敲下来,还是跟爸爸要比较好,爸爸有抽烟的习惯,把钱给我了能让他少抽烟。

莫云回到家里,灯是黑的,屋里一个人都没有。这种现象几乎没有过,莫云每次回到家,屋里的灯总是亮的,爸爸妈妈的耳朵特别灵敏,听到她扛车子上楼道的声音会马上把门打开。莫云拉亮客厅的灯，看见饭桌上压了一张字条，字条上写着，爸妈在人民医院，妈妈有点不舒服，你不用担心，早点休息吧。莫云想这么晚了还上医院，妈妈一定是极不舒服了，她一贯是最能挺的，有一次盲肠发炎，硬是挺到穿孔了才上医院。

　　过了十二点，爸妈还是没有回来。莫云上床躺了一会儿睡不着，她想这段时间我不上自习跟所有人都说是妈妈病了，现在妈妈果然病了，这不是我咒的是什么？我的嘴真比乌鸦的还要毒呀。莫云下床重新穿好衣服，拿了钥匙出门，下了楼，莫云挑路灯亮堂的地方走，街角有一个小公园，穿过公园走几十米就到人民医院了。在路灯莹光的映照下，公园里的树木反而显出一种寂静的阴森，轻薄的白雾让它们又添几分惨淡。莫云停下脚步吸了一口气，她要积蓄足够的勇气才敢穿过这个小公园，听说有不少人在这一带被打劫过。或者，她应该绕到大路上，多走两个街口。莫云站着犹豫的工夫，附近的灌木丛里传来说话的声音，声音比蚊子叫大不了多少，不过还是把莫云吓了一跳，莫云差一点就拔腿向后跑了。灌木背后平时摆放着好几张长木凳，夏天的夜里有人在这儿乘凉聊天是很正常的事情,想起这点莫云心神镇定了些,再听,那说话的声音却是爸爸的。

莫贵说,日莲,明天你还是去住院吧,趁早把手术做了,这么拖,不知道还会拖出什么病来。

刘日莲说,你不要再劝我了,莫云还有一个多月就要高考,我再等上一个月,她考完我马上动手术。

莫贵说,哎,你这辈子就是操心的命啊,说来说去也怪我不好,你怀莫云的时候我们都太年轻,你生孩子那天我在外头跟人打篮球,还骗你说是去加班。你月子也没坐好,现在成天喊腰疼,是累出来的毛病。

刘日莲说,说这些有什么用,十几年都过去了。其实不就一个肾吗,听说不少人还卖肾呢,这说明少一个肾是不影响身体健康的。

莫贵说,胡说,老天爷让每个人身上长了两个,自然每个都有用处,少一个肯定不好,没准会影响到另外一个肾……

刘日莲说,你这人怎么就不会说点好话来安慰安慰人呢? 我当然知道少了一个肾不好,我愿意让医生把它拿掉吗? 不就是因为它坏了吗? 莫贵,这些话我们在这里说完就完了,回家别提一个字,就跟莫云说我得的是急性肠炎,吃吃药就好了,不要让她有思想负担,她现在是越来越瘦了……

灌木丛里的蚊子在莫云脸上扑来扑去,她没有挥动手臂去扑打它们。来时嗡嗡喧嚣的蚊子,找到甘泉美地后,安静欢畅地吸吮着,像婴儿吸吮母亲的乳汁。

今夜,莫云知道有些东西永远无法改变,如果执着,就像那种只会朝前爬的甲壳虫,它们不会拐弯,不会转头,遇上南墙照样撞上去,所以老是翻跟斗。

高考成绩下来了,莫云的分数比本科线高出十七分,被东北一所大学录取了。莫云的分数好像是用她身上的肉换来的,比本科线高出十七分,她整好瘦了十七斤。莫云没有特别兴奋,好像对这个结果早已料到。好朋友杜薇薇成绩虽然没过线,但也如原先设想的读委培。

杜薇薇请莫云到外面吃冰激凌以示庆祝。杜薇薇点的是店里最贵的冰激凌。服务员给每人端上一个小玻璃樽,里面盛的冰激凌状若层叠的白云,服务员往杯里撒了些彩色巧克力豆,再倒入一杯白色的液体。说时迟那时快,服务员亮出一只打火机,哗地把液体点燃,一股白雾,酒香混同焦糖的香味飘起来,白色的冰激凌顿时四下流溢,露出里面五色的内容。服务员表演完毕,伸手示意说,请两位慢用。

杜薇薇拍拍手说,真漂亮,快尝一尝。

莫云懒洋洋地拿起小调羹,好像吃腻了这东西。杜薇薇知道莫云没这么好命,要不是跟她在一起,莫云根本没有机会见识这么多新鲜玩意儿。杜薇薇说,莫云,考上了大学你还不开心啊?如果我能考出你的成绩,我妈该烧高香了。

莫云说,有什么值得高兴的,这个成绩又不是从天上掉下来的,也不是别人送给我的。是我辛辛苦苦熬通宵,掉了十几斤肉得来的,考不上我可能会哭,考上是应该的,我有什么值得乐的。

杜薇薇说,你要这样想谁也拿你没办法,无论怎么样,这段时间我们两个要多聚一聚,不然以后见面的机会就少了。

杜薇薇的话触动了莫云的难过之处。莫云当初填志愿,只有一个念头,走得越远越好,所以她填的全是北方的学校。现在是如她所愿了,但她没有考虑到学费和路费加起来是一个庞大的数字。这些天莫贵和刘日莲一直拿着她的入学通知书在合计呢。刘日莲说,还有两个月的时间,总会有办法的。莫贵说,莫家出了一个大学生,我们就是砸锅卖铁也要供。

入口的冰激凌又香又滑,那滋味是变化的,每一层都不同,有的酸,有的甜,有的是草莓味,有的是咖啡味。莫云说,小薇,这一个冰激凌要多少钱啊?

杜薇薇说,四十八块。

莫云说,你真大方,在走之前我做东请你一次。

杜薇薇说,说定了,我等着吃你的。

莫云脑子里突然有了一个想法——找一份暑期的工作。这样她可以自己挣路费学费。这个想法太好了,她不一定要靠父母的。

和杜薇薇分手之后,莫云往石磊家打了一个电话。石磊的爸爸在明园饭店当领导,给她安排一个临时的工作应该是不难的。接电话的是石磊的妈妈,石妈妈说石磊前两天和几个同学到西藏旅游去了。莫云找出石磊爸爸的名片,直接给石爸爸打电话。莫云说,石叔叔你好,我是石磊的同学莫云。石爸爸接电话彬彬有礼,说你好,莫云同学你好。听石磊爸爸的声音,莫云就想起他西装革履的斯文样。

莫云跟石爸爸说明自己想要找一份暑期工,要他帮忙。石爸爸说,莫云同学,这有点难办,我们酒店的员工都要培训三个月以上,等培训好你也开学了。再说了,你们高考完了应该好好轻松轻松,辛苦这么长一段时间,出去玩玩嘛,石磊就旅游去了,以后你们有的是工作的机会。

通完话,莫云对着已经挂上的话筒说,石经理,如果你不是经理,你不找关系,石磊能上大学吗?他离本科线还差三分呢。如果上不了大学,他该苦着脸等复读吧,哪还有心情去旅游,还到那个天远地远的西藏……

石磊爸爸那儿没戏了,莫云就到街上去找,她想满大街都有招工的,我就不信找不到一个合适的工作。没想到工作还真不好找,平时看到东一个西一个贴着的招人启事好像都被人撕去了,剩下的都是她干不了或不想干的。莫云最希望能到一家干净漂亮的咖啡厅工作。那些地方她从来没有进去过,如果在里面当了服务员,她可以每天进进出出,闻着浓郁的咖啡香,欣赏钢琴演奏,享受极冷极冷的空调。

终于给莫云找到了一家咖啡厅。面试后对方说要培训一个星期,要莫云交三百元押金,还要莫云去办健康证、上岗证等。莫云说,我没有钱,可不可以以后从我的薪水里扣?对方说,不行。莫云说,我很喜欢在你们这里工作,你们能不能通融通融。对方说,这是规章制度,我们是品牌店。

莫云告别了品牌店，找到一家在大马路边卖早点和夜宵的摊子，这家大排档不用押金，不用培训，只要求莫云早上四点起床，干四个小时，晚上从八点开始再干四个小时。莫云坚持上了两天班，第三天咬牙爬起来迷迷糊糊赶到摊上已经六点多了，人家递过来三十块钱，让她以后不要再来了。莫云有了人生第一次被炒鱿鱼的经历。

莫云另外找到一份发传单的工作。工作性质简单，就是到大街上，见人就发宣传单。传单上是一家房地产公司的售楼广告，报酬是每天十五元，莫云觉得这还挺合算的，她只管把传单发出去，不用管房地产公司有没有效益。当然了，传单上有编号，如果到时有人拿着莫云发的传单来买房子，莫云另外有一笔提成。莫云认为这种提成她能拿到的机会是零。

发了几天传单，莫云兜里揣了几十块钱，她觉得有点底气了，回家问刘日莲，妈，你什么时候去动手术？

刘日莲瞪了莫贵一眼，以为是莫贵走漏了风声。刘日莲说，妈没什么大问题，别听你爸胡说八道。

莫云说，你赶快去动手术吧，你要不去动手术，我就不去上学了，我说到做到。

莫贵说，日莲，反正孩子已经考上了，你就放心去动手术吧,学费我们再想办法。

刘日莲终于被莫贵和莫云送进医院准备手术。

莫云继续站在便民超市的门口发传单,她戴了一顶太阳帽,把帽檐压得低低的。这地方一天成千上万的人出入,不用换地方就能把厚厚几沓传单发完。莫云的几个有理想有抱负的同事从不到便民超市这种地方来分发传单,他们到银行附近,一些气派的大厦跟前候着,他们认为那些地方出来的人才是真正有潜力买房的人。莫云听说,这几个人是领过别人买房提成的,所以房地产公司请他们给所有发传单的人员做过经验报告。莫云没有这么远大的理想,她就站在便民超市的门口往人的手里塞传单。有人不愿接,脸上露出防虎狼之色,莫云也不管,手一扬,像掷纸飞机一样往人菜篮子、车篮子里扔。

莫云——莫云——听到喊声莫云惊讶地回头看,几位班上的同学,手里提了大小的塑料口袋,好像刚从超市里买了东西出来。

莫云怀抱着一沓传单,脸色讪红,还有一点仓皇,像干什么见不得人的勾当被捉了现场,好在头上的太阳帽替她遮挡了半边脸。

田小乐说,我老远就看出是你,黄艳硬说不是。

黄艳说，我是觉得奇怪，谁想到莫云会跑这地方来发传单呢，我打死也想不到呀。

李书琴说，莫云，你搞社会实践还是勤工俭学呀？

莫云硬着头皮，挺直身子说，本人已满十八岁了，打算自己挣路费上学。

李书琴说，有志气，你一天能挣多少呀？

莫云说，十五块，另外还有提成。

黄艳说，那还行，看来我也该找点事做了，一天到晚在家睡觉，睡得脸都圆了一圈。

田小乐说，得了吧，你连帮你妈洗个碗都戴手套，能吃什么苦呀——

黄艳拍了田小乐的肩头一把，嗲嗲地叫唤，你揭我的短，牛排大餐没你的份了。

田小乐说，呵，说好的事你可不能反悔……

莫云想尽快终止这种没意义的聊天，她打足十二分的精神，脸上洋溢着十二分的热情，向迎面走来的人迎上去，阿姨，给你一份资料。叔叔，请看看这份资料，谢谢您。奶奶，拿一份资料回家看吧，您好走……

田小乐扯了扯黄艳和李书琴说，走吧，走吧，我们快走吧，不要影响莫云了。

三个人一起挥手跟莫云说再见。

莫云也挥起一份传单说再见。

等三个同学的影子消失在街尾，莫云马上缩到墙边去。真倒霉，明天全班的同学都要知道我在大街上发传单了，好在毕业了，谁管谁呢，不过碰上熟人还是够难为情的。莫云待在墙边胡思乱想，慢慢蹲到地上。蹲着蹲着她又看到一个熟人，一个她再熟悉不过的人，今天真是碰到鬼了。

莫贵推着一辆装满东西的购物车从超市出口出来，正朝莫云的方向走来。

爸爸怎么会买这么多的东西？替人做好事？莫云不愿意让爸爸知道自己在这儿发传单，把头压得更低了。等莫云再把头抬起来的时候，莫贵不见了。莫云脑袋转了几个圈，才看到莫贵已经进了停车场，站在一辆车后面，正把一袋袋东西放进后备厢。莫云更奇怪了，她忍不住站起来往前走了几步。

莫贵放完东西，冲着一个方向打了个手势。莫云朝那个方向看过去，一个戴着墨镜的女人一手撑着伞，一手抓着一瓶饮料，慢悠悠朝莫贵走去。女人走到莫贵身边把饮料递给莫贵，莫贵接过来打开瓶盖仰头喝了一口。莫贵一边喝一边打开车门，坐到驾驶座上，女人把自己的裙角一撩，打开旁边另一扇车门也钻进车里去了。

爸爸还会开小车?这倒是莫云闻所未闻的。从女人递饮料给莫贵的动作,从莫贵钻进车子的熟练劲头,莫云感觉有一件大事发生了。

晚上回家吃饭莫云特别注意观察莫贵。莫贵的身上确实有了变化:吃饭吃得少了,速度放慢了,以前一餐能吃三碗饭,现在只吃一碗,也不像过去那样把汤汤水水和入饭里,三下五除二刨完一碗饭。现在他吃饭像是在完成一件任务,菜象征性地夹上一夹,饭一小撮一小撮地放进嘴里;身上的白 T 恤是新买的,以前没见他穿过,两腋窝处保持着雪白;胡子刮得干干净净,身上还有一股香皂味;从露在皮鞋外头的那一截袜子看,袜子也是雪白的,看上去不像有臭脚味。

莫云很惭愧,要不是白天看到莫贵和一个女的在一块儿,她是看不出这些翻天覆地的变化的。

吃完饭,莫贵把刘日莲的饭菜装到饭盒里说,莫云,你给你妈把饭送去吧。

刘日莲的手术已经做完,现在正住院观察。

莫云应了声,提起饭盒给母亲送饭。等妈妈吃完饭,又陪妈妈聊了一会儿天,莫云从医院回家了。在路上莫云想,爸爸肯定不在家里。现在不用上学了,我睡得死，爸爸晚上回来、早上出去的声音我通通听不到。妈妈不在家，我可要替她看好这个家。

回到家里，和莫云判断的一样，莫贵不在家。莫云看小说看到半夜也没听到莫贵进屋的声音。睡前莫云给闹钟定了时。凌晨三点左右，闹钟把莫云叫醒，莫云迷迷糊糊爬起来打开门，客厅是黑的，床铺是空的，爸爸压根没有回来。

莫云打了几个呵欠，闭眼盘腿坐到爸爸妈妈的床上，不用动脑子她也知道爸爸是有情人了。"情人"这个词莫云早熟悉了，电视上有，杂志上有，同学们平时也议论这些话题。有一次宋良信逮住杜薇薇批了一顿，批评她不应该带言情小说到学校来看，不但影响自己的学习，还带坏了其他同学。杜薇薇很不高兴，找莫云诉苦，咬牙切齿地诅咒，让宋良信有一个情人就好了，他就没有时间管我们了。

莫云吓了一跳说，小薇，你脑子里真是藏污纳垢，亏你想得出这么个治人的方法。

杜薇薇不以为然地耸耸肩说，美死他了，没准他正盼着呢。

莫云忍不住在杜薇薇脑袋上狠狠敲了一记。杜薇薇哇地叫起来，捂住脑袋说，莫云，你想敲破我脑袋啊！

191

第二天莫贵又让莫云去给刘日莲送饭。莫云说，我有同学过生日，你给妈妈送饭吧，晚一点我再去看她。

莫贵只好提着饭盒上医院。莫云跟在莫贵的屁股后面也上医院，她到医院的门口停下来，找了一根粗大的栏杆靠着等。她估计得没错，莫贵很快从医院出来了。

莫贵出了医院步子明显加快，走两步看了看腕上的手表，招手拦了一辆的士。这一点莫云也估计到了，莫云兜里还有几张票子，那是她发传单的工资。她伸手也拦了一辆的士。莫云跳上的士，跟司机说，叔叔，请跟上前面的车子。司机回头看了莫云一眼，眼神怪异。莫云又说，我爸爸在前面的车上，他忘拿钥匙了。莫云故意把兜里的钥匙弄出响声。

莫云坐的的士咬着莫贵坐的的士。莫贵的车子在步行街的南面入口处停了下来。莫云见莫贵的车子停了，赶紧也让司机把车子停了。莫云把钱递给司机，她没有马上下车，等莫贵走进步行街她才打开车门下车。走了好几步她仍能感觉到的士司机的眼睛在背后戳着她的脊梁骨。

步行街的夜市特别热闹，卖衣服、鞋帽、小电器等日用百货的铺面有上百家。莫贵走了半条街,终于拐进一间铺子。铺子的斜对面是一家鞋铺,莫云快走几步迁进鞋铺。从鞋铺朝对面看,莫贵进的是一家电器行,一个女人坐在里面,莫贵进去跟女人打了招呼。莫云看不清女人的长相,她感觉应该是那天在便民超市见到的那个。

几个顾客在里面挑东西,莫贵扛了一张椅子爬到货架上,把一只电风扇递给一个顾客。顾客检查了一会儿掏钱把电风扇提走了。莫贵把钱交到女人的手里,女人数了数抽出一张递给莫贵。莫贵匆匆出了门。莫云探头看,莫贵走进左边一家快餐店。过了没一会儿莫贵提着两盒饭回来了。女人支起一张小桌子,莫贵把饭盒放到桌上,两人面对面坐下来开始吃饭。

这是莫贵的第二顿晚饭,难怪他在家里几乎不吃什么东西,把肚子留到这儿来吃。女人从自己的饭盒里夹了块东西放到莫贵的饭盒里,莫贵又从自己的碗里夹了块东西放进女人的嘴里。莫云看得眉头皱起来,恶心死了,爸爸竟然会做这么恶心暧昧的动作,他从来没给妈妈夹过菜,妈妈真是太可怜了!奇怪了,还有人会看上一个送报纸、满身酸臭的男人!这个女人也够恶心的,别人有老婆了,还往上凑。

从步行街回来莫云直接到医院去看妈妈,她想把看到的全都告诉妈妈。刘日莲见到莫云总是很高兴,拉着莫云的手说,让你爸再跟医生说说,让我早点出院,我感觉没有什么问题了。现在成天躺着打吊针,也不知道用的是什么药水,一天几百元,这钱用得跟流水一样……

莫云每天来看刘日莲,刘日莲都说同样的话,莫云更觉得妈妈可怜了,病成这样还要顾念这个家。她想把爸爸的事情说出来,可面对一张惨白的脸,话都堵在心头吐不出来了。莫云想,还是等妈妈出院了再说吧。

在刘日莲的坚持下,医生同意刘日莲出院了,但建议她先不要急着上班,要在家静养一段时间。莫云想妈妈回来了,晚上爸爸不方便出去了。但莫贵还是找了很多借口溜出去,只不过不在外边过夜了。

莫贵配了一个手机,手机动不动嗡啊地叫上一声。嗡啊一声后,莫贵就摁上面的按键读信息。读信息的时候莫贵是面无表情的,好像他看的是一条天气预报。莫云猜信息是那个女人发来的。莫贵粗粗的手指头敏捷地操纵着按键,嗡啊一声又把一条短信息回复回去了。虽然莫云越来越看不起莫贵,但越来越佩服他的胆子,他真是色胆包天,在自己老婆和女儿的眼皮底下跟人谈情说爱。

等莫贵出了门,莫云开始给刘日莲敲小边鼓,妈,爸每天晚上吃了饭都去哪儿呀,神神秘秘的。

刘日莲说,你爸找了一个替人看摊的活儿,挺不错的,能挣不少钱呢。你爸这段时间很辛苦,你放假了没事多帮他做点家务事,妈身体不好……

莫云哑了声。妈妈呀妈妈,你太无知了,你太缺乏女人应有的敏感了,你只知其一不知其二呀,爸爸挂的是看摊的羊头,卖的是会情人的狗肉。作为你们的女儿,我是不会看你们一个受蒙蔽,一个走向深渊的……

夜深了,步行街上的行人越来越少,一间间铺子先后关了门,每合上一扇门,路上的灯光就暗一分。

莫云等在出口处,等到路灯都蔫黄了,女人和莫贵终于一前一后走出来。莫贵双手叉腰站到马路边上,女人一拐不见了。过了一会儿,女人开了一辆车子出来,莫贵打开车门坐上去。女人一踩油门,车子呼地开出去。

莫云跺了跺脚,她忘了这女人是有车子的,她咬咬牙迈开腿追上去。

路上行人不多,车子的速度渐渐加快。人行道上有不少阻碍,莫云干脆跳到马路上,在车道上跑。开车的女人看到有人追车尾,感到很奇怪,对莫贵说,后面好像有人追我们的车。

莫贵回头看,看了两三次,当一辆与他们对开的车子的车灯打到莫云脸上时,莫贵看清楚了,是莫云,他的女儿。莫贵脸一下绷紧了,转身趴到后窗上看。

女人说,好像是个小女孩。

又一辆对开的车给了莫云一个响亮的喇叭。莫贵再也忍不住了,大喊一声,停。

女人吓了一跳,猛踩刹车把车停到路边。怎么了,你认得这女孩?

莫贵说,是我女儿。

女人说,你的女儿?不要管她,我们走,你能跟她说什么?

莫贵说,不行,她这样会被车撞到的。莫贵打开车门,从车上走下来。

莫云气喘吁吁地追上来,弯腰捂着肚子看莫贵。

莫贵说,这么晚了,你不在家出来干什么?

莫云目视前方,傲然地说,车上那个女人是你情人吗？

莫贵上前拽着莫云的胳膊说，小孩子，不要乱说话，走，我们回家。莫贵伸手拦了一辆的士，又招手示意让女的先走。莫云挣脱莫贵的手，几步跑上前拉开车门，她看清了那个女人，那个女人竟然很老，起码五十岁，脸上虽然上了浓妆，但遮不住浮肿的眼泡，松垂的皮肤。女人看到莫云吃了一惊，赶快伸手把车门拉上，踩了油门把车开走了。

莫云指着车屁股骂，恶心，老太婆。

莫贵上前扯着莫云的衣服说，走，我们回家。

莫云甩开手说，浑蛋！

莫贵说，好，我来跟你讲讲道理。你以为我做的是见不得人的事，对吧？你知不知道我为什么要这样做？我告诉你，都是为了你。你知道我给这个女人打工能挣多少吗？我一个月可以挣五千，我只要做两个月，你的学费路费就出来了。听到了吗？爸爸只打算做两个月。

莫云说，我不要你的臭钱，你是一个浑蛋。

杜薇薇来找莫云的时候，莫云正躺在床上想离家出走的事情——买一张火车票随便到一个地方打工，再也不回来了。最多,每年春节前给莫贵和刘日莲寄上一点钱。听说四川和北京都有佛学院,要不当尼姑去吧,那地方应该不收学费的。只不过当了尼姑以后就不能想张扬了,张扬现在在干什么呢⋯⋯

杜薇薇在门外喊了好几声,莫云慢悠悠地出来开门。屋里乱七八糟的,莫云正考虑让不让杜薇薇进屋,杜薇薇已经把莫云从屋里拽下楼。杜薇薇把莫云拉到楼后的垃圾堆跟前,那里臭烘烘的,除了苍蝇谁也不爱这地方。杜薇薇满脸凝重,确定周围没人听到她们说话了,压低嗓子说,莫云,你一定要帮我一个忙,不然我死定了。

莫云捂着鼻子等杜薇薇往下说,她不相信杜薇薇会有什么惊天动地的事。

杜薇薇说,我怀孕了。

莫云吓得叫了起来,鼻子顾不上捂了,怀孕?你开玩笑吧。莫云的视线聚集到杜薇薇的肚子上,好像风平浪静。

杜薇薇说,真的,你看我的样子像说笑吗?我都快急死了。我买了试纸来验,验了几次结果都是阳性。

莫云说,那怎么办,你跟你妈妈说了吗?

杜薇薇说,不能跟他们说,他们会很生气的,还会问那个男的是谁,把事情搞大,到时候我再也没脸见人了。

莫云说,你想让我干什么?

杜薇薇说,我打算到附近的河浦县把手术做了,你跟我一起去,照顾我。

莫云说,可我什么也不懂。

杜薇薇说,我已经买了几本书,我们一起看。等我做完手术后,你给我送饭,帮我洗洗衣服。我还买了红枣、桂圆一大堆补品呢。

莫云说,你打算什么时候走?

杜薇薇说,马上就走,你跟你父母说和同学一起去旅游就行了,我已经跟家里人这样说了,他们给了我两千元钱。杜薇薇拿出一只鼓胀的钱包。

莫云揉了揉衣角说,我妈刚动了手术,我不好意思张口跟家里要钱。

杜薇薇说,我有钱,除了这两千元钱,平时的压岁钱我都存着,我把存折也带上。

莫云跟刘日莲说要和同学出去旅游,刘日莲说,你也应该出去玩一玩了,要去多久?莫云说半个月。

刘日莲说,这么长时间,要带多少钱?

莫云说,我们同学的一个亲戚住在当地,我们吃住都在他亲戚家里,不用花钱。

刘日莲从抽屉里掏出一只皱巴巴的信封,从信封里掏了两百元递给莫云说,买些零食请大家吃,不要光吃别人的。莫云接过钱点了点头。

莫云和杜薇薇坐了两个小时的车到达目的地。从街上来往的的士数量上看,这个县城还比较繁华。杜薇薇一下车就带莫云去宾馆登记住宿,把行李放好后两人一起上街,先到百货商店买了一打内裤和几大包卫生纸,然后到街上找了一家比较干净的餐馆,和餐馆订了餐,让他们从明天开始每天给炖一只鸡。

第二天莫云把杜薇薇送到医院。两人坐在手术室的门口等叫号,身穿白大褂的医生护士来往穿梭,莫云的脸都被他们晃白了,她身子发凉,好像要进去做手术的是她。莫云拉着杜薇薇的手问,会有危险吗,你不会死吧?

杜薇薇故作轻松地笑了笑说,不会,不过会很痛,会出很多的血。杜薇薇的笑很难看,每次有人从手术室出来,她的眼皮都跳一跳。

当护士叫响杜芳(杜薇薇的化名)这个名字时,杜薇薇像烈士那样挺直腰板站起来,义无反顾地走向刑场。莫云看着杜薇薇瘦高的背影,眼泪都快下来了。

半个小时后杜薇薇出来了。莫云以为杜薇薇应该是被手术车推出来的，没想到杜薇薇是自己走出来的。杜薇薇看上去和进去前没有太大的变化，就是脸蛋有些发青。莫云钟摆乱晃的心终于平稳下来，她上前搀着杜薇薇的胳膊，两人出医院的门上了一辆的士。

回到宾馆，杜薇薇刚躺到床上就趴在床沿哇哇地吐。莫云手忙脚乱地给杜薇薇倒热开水，搓搓背，她不知道自己还能干什么，在屋子里转来转去，眼盯着床头柜上的电话机，只要杜薇薇昏过去她马上打电话叫救护车，再打电话找杜薇薇父母，她紧张得快挺不住了。

在呕吐的间隙，杜薇薇哼哼唧唧地告诉莫云这是麻药过后的反应，不用担心。果然，过了半个多小时，杜薇薇渐渐平静下来，闭上眼睛睡着了。醒来后，她精神好了很多，嚷着肚子饿了，要吃东西。莫云突然也觉得肚子空得难受，赶紧提着一只保温瓶出门，到订餐的餐馆把炖好的鸡和一些饭菜盛回来。杜薇薇的胃口很好，一个人啃了半只鸡，剩下的半只莫云吃了。吃饱喝足，桌上一堆残羹冷炙，两人的目光撞到一块儿，相互对视几秒钟，突然哈哈笑起来，笑声越扬越高，笑到最后竟然有点歇斯底里。这哪里像两个妙龄少女的笑声，根本像两个刚从死牢里跑出来的犯人劫后余生的狂喜。

莫云心里一直藏了个问题，等杜薇薇在床上休息了几天，终于忍不住问出来。夜里，房间的灯全灭了，莫云在床上翻了一个身，朝着杜薇薇的方向，小薇，那个男的，知道你这样吗？

杜薇薇说，不知道。

莫云说，不知道？这么大的事他不知道？

杜薇薇说，是我不想让他知道的，他知道了一定会讨厌我，再也不理我了。

莫云说，你喜欢这样一个人？

杜薇薇说，你别问了，跟你说你也不懂。杜薇薇窸窸窣窣翻弄被子，把头转另一边去了，不愿意再谈这个话题。

半个月后，莫云和杜薇薇回来了，两人都胖了。杜薇薇恢复得不错，虽然嘴角边上出现了几条细细的皱纹，不凑到近前也看不出来。下车后，各自拿了各自的行李。杜薇薇说，莫云，谢谢你。莫云摆摆手说再见。

莫云走了几步路听到身后有脚步声，回头看是杜薇薇追来了。莫云立住等杜薇薇。

杜薇薇追上来嘴巴张了张,欲言又止。

莫云笑着说,小薇,怎么了?

杜薇薇不敢看莫云的眼睛,盯着手上的提包说,莫云,你不会把这事说出去吧?

莫云说,当然不会,我们是好朋友。莫云有些生气了,声音高起来。

杜薇薇抬起头,紧张地说,对不起,莫云,对不起,我不是怀疑你,我真的感谢你。我们是好朋友,好朋友是不应该有什么秘密的。其实——我告诉你那个人是谁也无所谓,可能我再也见不到他了,你还记得宋良信请来给我们做过报告的张扬吗,刚从国外回来,长得像金城武的那个。

莫云的脸唰地一下红了,莫云知道自己脸红了,她刚才仿佛听到一记响亮的巴掌打在自己脸上,连肉带血地掀掉一层脸皮。莫云的声音有些发抖,是他,你,你怎么和他好上的? 怎么可能?

杜薇薇说,是我主动的,我给他发了好多封邮件约他出来见面,我跟他说我很喜欢他,我理解他,无论我们有什么我都不会让他为难, 我自己可以应付一切,所以……

莫云喊起来,你一定是疯了!

杜薇薇手里的包掉到地上，她抱住莫云，头靠到莫云的肩上，是的，我觉得也是，我是疯了。记得我喜欢唱的那首《Super Star》吗？

我没空理会我，只感受你的感受。你要往哪儿走，把我灵魂也带走，它为你着了魔，留着有什么用……请看见我，让我有梦可以做。我为你发了疯，你必须奖励我……你是意义，是天是地是神的旨意，除了爱你，没有真理。你是火，是我飞蛾的尽头，没想过要逃脱，为什么我要逃脱。谢谢你给我，一段快乐的梦游，如果我忘了我，请帮忙记得我……

杜薇薇趴在莫云的肩头唱歌，听起来不像唱歌像哭诉，唱着唱着，她抹了一把眼泪，又抹了一把。为什么眼泪总抹不干呢？她抬起头，看见泪眼汪汪的莫云，原来，这些泪水还有另一个源头。

莫云十八岁生日那天，莫贵买了一个大蛋糕。大蛋糕放在饭桌上，到了晚上，原来盒子是怎样摆的还是怎样摆，莫云没打开看一眼。她已经一个月不和莫贵说话了,怎么会吃他买的蛋糕呢?

刘日莲不知道父女俩闹什么别扭,满嘴牢骚,生什么气呀,生气也不要和蛋糕过不去呀,好好一个蛋糕,这么热的天不赶紧吃要馊的。

莫云说,馊了就扔呗,反正留着也没人吃。

莫贵不和女儿一般见识,女儿过生日就尽量让她高兴。莫贵说,莫云,过几天我们该订机票了,再晚怕订不到,你是想报到的第一天到校呢还是报到的第二天到?

莫云没搭莫贵的话头,回自己房里换了一件裙子,出来对刘日莲说,妈,我去找同学玩了。

刘日莲已经把桌上的蛋糕盒子打开,拿刀子切了一块说,吃两块蛋糕再走。

莫云摇摇头。

刘日莲说,要不装几块蛋糕给同学吃?

莫云还是摇摇头,一扭身子飘出门去。莫云没什么地方去,她的老地方是蓝洋网吧。昨晚她待在那儿,前晚她也待在那儿。蓝洋网吧的光头大洋哥已经和她很熟了,有时没空位,大洋哥会让她进工作间用他的电脑。

莫云上网直接进入网站。昨天晚上她在上面发布了一个帖子:少女小云,芳龄十八,刚考上大学,欲售初夜权,请有意者参加竞拍。一元钱起拍,价高者得。

发布这个帖子莫云的心情复杂,首先她感觉很挫败。没几天就开学了,她断断续续给房地产公司发传单,攒的几张票子还不够她用来上网。莫贵这几天张罗着给她订飞机票,她觉得她输给爸爸了,在一场莫名其妙的,叫不出什么名目的战争中她输给爸爸了。她不是看不起他和一个老女人在一起吗?她不是不想用他挣来的钱吗?可她能做什么呢?所以,当在网上看到别人在推介销售各种东西的时候,她想,我为什么不能推销自己?莫贵你能做到的我一样能做到。

她还很羞涩。不足五十个字的帖子她敲了半天也敲不完,当敲到“初夜权”这样的字眼时,她的脸甚至红了。初夜的意义是什么?她没有太多概念。十八年来,灌输进她脑子里的信息显示,对一个女孩来说那东西很重要,要像爱护生命一样来爱护。可是,要守到什么时候,为谁守候呢?也许谁也不把这东西看重了,杜薇薇在乎吗?张扬在乎吗?爸爸妈妈在乎吗?应该都不太在乎。网上就有人说,那只是一层膜而已。起码,那东西是属于我的,我不想要就不要了,我能对自己的行为负责,莫云想。

当然,把帖子贴到网上莫云还有一份恶作剧的心情,她留的地址,包括电子信箱地址都是假的。她不会去践约,但她渴望知道自己的价值,能用钱估量出来的价值,同时,她想看看这个世界的人们是怎样回应这件事情的。

莫云点开网站的手有点发抖,她不知道显现给她的是一个什么样的价钱,会不会是一个惊人的数字呢?八百八十六元,红色的竞拍价跳到莫云的眼里。莫云的心被刺了一下,她闭上眼睛重新睁开,八百八十六元。下面有人出售一副二手网球拍被竞价到九百六十元。莫云查了一下,有两千六百九十四人阅读过这个帖子,仅仅一天时间,这算是比较高的点击率了。帖子下面有一大串的回复——

小云,可以把你的照片发过来吗?我怎么知道你是不是一个丑八怪?

你真的是处女吗?没有人工过吧?

你为什么要出卖自己,缺钱?

我出的价钱已经很公道了,你为什么不回帖!

不要在网上耍人,傻×才会参加竞拍。我估计你是个男的。

小云,你是不是想男人想得发疯了?骚货!

莫云面红耳赤地阅读回帖,有些回帖刻薄得让她难过,难过得让她后悔发了帖子。这只是个开始,这个世界就是这样,什么样的人都有,什么事情都有可能发生,我应该学会适应和面对,莫云自己给自己打气。她把帖子重新又发布了一次,想也许明天会有更多的人参加竞拍吧。

第三天的最高价是两千八百元。

第四天这个帖子的内容被当地的晚报作为社会新闻在报纸的显要位置刊登出来,上面附了民意调查卷,有三个选择答案:第一,这是社会道德的沦丧;第二,这是个人的生活方式,不应干涉;第三,这是时代的进步。

莫云没有看晚报,她不知道她的帖子已经引起社会反响,更没有想到这好比是给她的帖子做广告,会有更多人上网看这条消息。

但是,竞拍结果还是不尽如人意。第六天竞拍价格升到三千七百七十元就停滞不前。第七天帖子被删除,社会舆论打出"保卫贞操"的大旗,发布这条帖子的网站被勒令把这条备受争议的帖子删除,并做检查,保证以后不再发布类似的帖子。

莫云一点不知道这个世界因为她的帖子刮了一阵不大不小的龙卷风,她只关心结果,结果令她很失望。在帖子被删掉之前她已经不再上网去看结果了,那个仅仅可以买两张飞机票的价钱把她嘲笑得还不够吗?是的,你自己都不在乎的东西,别人又怎么会在乎呢?隐隐约约躲藏在这个世界的种种艰难不再像过去那样一点点地透露出来,它们唰地裂开一个大口子。

莫云好久没叫莫贵爸爸了,所以莫云叫莫贵爸爸的时候,莫贵用了差不多十秒钟才反应过来。莫云说,爸,我们去订火车票吧,我不坐飞机。

莫贵说,火车要坐三四天呢,你一个女孩子不方便,我已经把路费准备好了,你不用担心。

莫云说,把我的行李全部托运,我身上就带一个小包,坐火车没有任何问题,一路上我还可以长见识呢。

在莫云的坚持下莫贵替她买了火车票。票拿到后莫云开始收拾行李。除了洗漱用具和一些日用品放到随身带的小包里,莫云把所有东西打了包让莫贵拿去托运了。

莫云在一个炎热的中午登上火车。她把头发扎成两条辫子，看上去显得年纪更小。她的脸在夏天的假期里变白了，是一种瓷白，没有了少女的红润，却多了一分淑女的气质。莫云把随身带的包斜挎到肩上，包的夹层里放着一本存折，莫贵说了，一学期的生活费，包括放假回家的路费都存在上面了。莫云伸手进包里探了探，她的手指头碰到方方正正一个小本子。

莫云把包抱在怀里，探头出车窗，对站在站台上的爸爸妈妈摇手说再见。对站在爸爸妈妈身边的杜薇薇说，我还欠你一个冰激凌，放假回来我一定补上。

车子开动了，站台上的人渐渐小了，远了，城市也远了。重新进入莫云视线的是大山、绿树、农田、电线杆。窗外的风土人情在不断变换，车厢里响起东南西北的方言，用餐的时间有人吃米粉油条，有人吃咸菜馒头，有人吃大饼大葱。这是一段漫长的旅程，从南方到北方，四个白天三个夜晚。莫云的脑袋一直朝着窗外，这会是一个能长见识的旅途。